껍데기

껍데기

최정순 소설집

계간문예

작가의 말

  2019년 1월 검사해서 2월 암 진단을 받았다.
  살아 있는 동안 내가 쓴 글을 책으로 만들고 싶어 억지를 써서 급하게 2020년 장편소설을 썼다. 불안하던 일이 2021년 3월에 터지고야 말았다. 가지 않겠다고 버티었지만, 할 수 없이 119구조대에 실려 대학병원 암병동에 가서 항암치료를 받았다. 게다가 코로나19라는 바이러스가 2020년에 우리나라에도 발생했다. 병원 침대에 누워서도 낮이나 밤이나, 심지어 잠 잘 때도 마스크를 써야 했다. 피가 부족해서 몸이 노랗게 변했다. 남의 피를 도움 받았더니 부작용으로 몸과 손발이 퉁퉁 부어서 핸드폰으로 문자가 오지만 답을 쓸 수 없었다. 간신히 세 번에 걸쳐서 1차 항암주사를 맞았다. 치료하면서 날마다 X레이와 피검사를 하고, 초음파 검사하고, 자주 CT 검사를 하면서 한 달 동안 죽만 먹고 살았다. 그리고 다음 항암주사를 맞을 때까지 집에서 기다렸다.

기다리는 동안 조금씩 써 놨던, 단편소설을 정리하고, 흩어져 있던 시도 정리해서 단편소설집과 시집을 출간했다. 그리고 60년이 넘는 동안 써 놨던 일기를 정리하기 시작했다. 밥만 먹으면 셀 수도 없는 약을 입에 털어 넣으면서 컴퓨터 앞에 앉았다. 추간판 탈출증이 있는데 오래 앉아 있어 허리도 몹시 아프고, 그보다는 키보드 자판을 쉬지 않고 두드리다 보니, 손가락이 아파서 골무도 끼어 보는 등 별짓을 다했다. 소화도 안 되어 배가 아프고 온몸이 아픈 곳이 많지만, 살아서 정리해야 한다고 죽을힘을 다했다. 모든 모임을 다 끊고, 단톡방도 차단시켰다. 밖에도 나가지 못하고 오직 책상 앞에 앉았다. 항암주사 맞으러 병원에 자주 가면서 코로나 검사를 미리 받아야 했다. 병원에서 이틀이나 삼일씩 입원하고 항암 주사를 맞았다.

이제 6차 항암주사를 다 맞았지만, 완치되지 않은 상태에서 언제 다시 무슨 일이 있을지 모른다. 병원 다니느라 백신을 맞지 않아서 사람 만나는 것이 불안하다. 사람이 많이 나오지 않는 시간에 마스크를 쓰고 뒷산 자락길을 걷지만, 항상 살얼음판을 걷는 느낌이다. 내가 아프면서 혼자 외로울 것이라고 안부 전화 하는 분도 있고, 나를 배려해 주는 고마운 분들이 있다. 살아생전 부족한 제게 고맙게 해준 분들에게 이 자리를 빌려 감사 인사를 드린다. 살얼음판 같은 남은 인생길이 언제 꺼질지 모르지만, 그래도 오늘은 글을 쓰고 싶다. 모자라는 글이지만 쓰고 싶다.

항상 내 건강을 염려해 주는 아들과 딸과 사위와 며느리와 손자들이 고맙기만 하다. 손자들이 내 소원을 이루어주어 더욱 고맙다.

최정순

■ 목차

작가의 말 ● 05

간병인 ● 13
빼앗긴 첫사랑 ● 41
질투 ● 65
설날 ● 93
껍데기 ● 121
피리소리 ● 147
암 병동 ● 173
아들 ● 203
찰거머리 ● 225
약혼 ● 245

간병인

간병인

바다 멀리 동쪽 끝에서 둥글고 빨간 꽃송이 같은 불덩이가 바다를 뚫고 눈이 부시게 나오는가 싶더니, 성큼 떠오르는 해가(일출) 신비스러웠다. "우와…!" 약속도 하지 않았는데 모두가 똑같은 감탄사를 쏟아냈다. 찬바람이 불어오는 겨울바다가 이처럼 아름다운 줄을 몰랐다. 바다는 여름에 수영을 하면서 즐기는 곳이라고만 알았다. 일행은 새벽에 바닷가에 나가서 해가 떠오르는 것을 봤다. 일몰 시간에는 하늘과 바다가 한 몸이 되어 빨갛게 물들게 해놓고, 눈 깜짝할 사이에 몽땅 걷어서 검은 장막 속으로 떠나는 것을 아쉬워했다. 저녁에는 숙소에서 나이도 잊은 채, 철모르는 아이들처럼 떠들고 노래하고 시간 가는 줄을 몰랐다.

"우리는 만나기만 하면 시간 가는 줄도 모르고 참 좋다. 와, 정말 살맛난다. 이렇게 만나서 놀고 집에 가면 가슴속에 쌓였던 스트레스가 확 풀려서 일을 해도 노래가 저절로 나온다니까."

"그렇지만 소름이가 있었다면, 또 분위기 다 망쳐 났을 거야, 그치?"

"야, 잘 나가다가 지금 소름이 얘기를 왜 해서 분위기 깨고 있냐. 이름만 들어도 소름이 돋는다. 오죽하면 소름이라고 했겠냐?"

연이는 소름이 이름만 들어도 저절로 소름이 돋는다.

"참, 너도 싫어하지? 하긴 소름이 좋아하는 사람이 어디 있고, 안 당한 사람이 어디 있니. 그런 년이 사람 꼬드기는 데는 수단이 좋지."

"걔 지금 뭐 한대?"

"그 버릇 개 주냐? 남자들 등쳐먹고 살겠지."

건너편 창문 옆으로 할머니가 들어왔다.

연이는 반대편 칸이다. 이 병실에 들어온 지 벌써 3주가 지났다. 엄마가 보호자로 와 있고, 토요일이 되면 엄마가 나가고 신랑이 왔다. 할머니가 궁금한 모양이다.

"동생?"

"아니요."

"그럼?"

"신랑이요."

"나이는?"

"신랑은 서른 살이고, 저는 마흔다섯 살이에요."

"잘 생겼네. 댁도 미스 코리아보다 더 이쁘고…."

"돈도 잘 벌어요."

"돈까지 잘 벌어?"

"네."

"좋겠다. 둘이 잘 어울리네."

"고맙습니다. 제가 잘 만났지요."

신랑은 정말 나무랄 데가 없다. 같이 나가면 사람들이 쳐다보고 부러워했다. 신랑은 휴일만 되면, 연이와 같이 여행도 가고, 아니면 극장이나 뮤지컬 구경을 갔다. 백화점에 가면 옷을 고르라 하고, 비싼 가방도 사주었다. 음식도 연이가 좋아하는 것을 사주었다. 연이가 반찬을 하면 맛있다고 반찬 타박을 하지 않았다. 연이가 해주는 것은 다 잘한다고 칭찬하고, 시간 나면 연이가 하는 일을 도와주었다. 신랑은 연이가 좋아하는 것을 즐기고 있었다. 이래서 결혼을 하는구나 싶었다. 늦었지만 결혼한 것을 참 잘했다고 생각했다. 아침에 해가 뜨면, 아침 해가 그렇게 아름다울 수가 없었다. 모든 것이 황홀하게만 보였다. 너무 행복해서 연이는 이 행복이 깨어지지 말라고 기도했다.

연이는 24시간 편의점을 운영했다. 참하게 보이고 수줍은 듯하면서도 키가 크고 부티가 나는 젊은 청년이 단골로 드나들었다. 예쁘고 귀여운데 예의도 바른 청년이었다. 자주 만나다 보니 스스럼없이 농담도 주고받았다. 그런데 이 청년이 연이를 여자로 보는 것 같았다. 어린 것이 까분다고 생각하면서도 하는 짓이 귀엽게 보였다.

"나랑 살면서 밥도 해주고, 빨래도 해주면 너무 좋겠다."

"내가? 이게 까불어."

"남자, 여자가 같이 사는 것이 뭐가 어때서….'

"야, 너 몇 살이니?"

"나이가 무슨 상관이야. 서로 마음만 맞으면 함께 사는 거지."

"동생 같으니까 그냥 봐 준다. 앞으로 그런 소리 하면 내쫓는다."

"내 맘대로 들어오는 건데. 누가 나가라 말라 해요."

"야, 너 안 나가?"

"뽀뽀해 주면 나가지!"

"뭐야? 정말!"

"아구, 귀여워. 하하하…."

그렇게 까부는데도 싫지 않았다. 그가 오면 사는 맛이 났다. 어쩌다 오지 않으면, 왜 안 오는지 궁금하고 하루 종일 일이 손에 잡히지 않았다. 평일 오후 8시만 되면 출근하듯이 찾아왔다. 휴일이면 낮에 와서 놀다 갔다. 오는 시간이 늦으면 남편이나 되는 듯이 출입문만 쳐다봤다. 이제는, 그를 못 보면 살맛이 나지 않았다. 그가 하루는 프러포즈를 해서 장난하는 줄 알았다. 원래 농담을 잘했기 때문에 농담이겠지 했는데, 날마다 와서 자기와 살면 괜찮을 텐데 대답을 않는다고 투정을 부렸다.

"농담 아니야. 정말이야. 나하고 삽시다. 엉…."

"너, 내가 순진해 보이니까 가지고 놀다 팽개치려고 그러는 거지? 나 이래 봬도 성질나면 무서운 사람이야."

"아니야, 정말이야. 내가 그렇게 보여요? 나는 진실한 사람이야. 내가 당신 보고 처음으로 사랑을 느꼈어. 성질내지 말고…."

"젊고 예쁜 여자가 얼마나 많아. 하필 나이 많은 나한테 사랑을 느껴?"

"젊은 애들이 많으면 뭘 해. 내가 좋아 하는 사람이 아닌걸!"

"내가 왜 좋은데?"

"티 하나 묻지 않은 깨끗한 소녀 같아서…. 결혼하면 속 썩히지 않고, 나만 사랑할 것 같기도 하고. 게다가 웃는 모습이 너무 이뻐."

"너, 눈에 이물질이 끼어 있는 것 같다. 빨리 안과에 가 봐야겠다."

"내 눈은 아주 정상이야. 난, 당신이 나와 결혼해 주지 않으면, 나는 생전 혼자 살 거예요. 내가 찾는 사람을 겨우 만났는데, 다시 내가 사랑할 수 있는 사람은 없을 거예요."

"놀고 있네."

"진짜야. 나 정말 당신을 사랑하고 있어요. 나하고 결혼해 줘."

연이는 저런 남자와 살고 싶다는 욕심이 생겼다. 나이 차이가 너무 많아 살다가 늙었다고 버리면 어쩌나 걱정이 앞섰다. 연이는 욕심을 부리지 않기로 했다. 못 들은 척했다. 그런데 청년의 구애는 아주 끈질겼다.

"나중에, 내가 늙어서 볼품없어지면 버릴 것이잖아?"

"내가 약속할게요. 어떻게 약속하면 나를 믿을 수 있겠어요? 혈서라도 써 달라면 쓸게요."

연이는 마침내 그의 마음을 받아들였다. 부모님과 오빠가 절대로 안 된다고 반대했다. 열다섯이나 나이 많은 여자와 결혼하겠다는 그의 말이 믿어지지 않는다는 이유였다. "보나 안 보나 그 놈은 바람둥이가 틀림없다."바람둥이가 놀다가 버리려고 하는 것이라고 했다. 그러나 어디를 보나 바람둥이 같지는 않았다.

 우여곡절 끝에 연이는 그 청년과 결혼했다. 아기를 낳아야 한다고 생각했는데, 나이가 많아서인지, 임신이 되지 않아 신랑에게 미안했다. 신랑은 아기는 낳지 않아도 되고 연이만 있으면 된다고 말했다. 신랑은 부잣집 막내아들이라 했다. 엄마는 없고, 아버지가 마흔 살 먹은 여자와 산다고 했다. 시어머니가 연이보다 다섯 살 아래라고 했다. 그 여자에게도 열 살 먹은 아들이 있다고 했다. 엄마는 아버지가 이 여자와 만나는 것을 알고 날마다 싸우다가 가출했다고 신랑은 말했다. 그렇게 엄마는 나갔다가 이혼하고 다른 남자를 만나 산다고 했다. 형과 누나도 결혼해 미국에 가서 살고, 신랑은 혼자 살고 있었다. 연이는 결혼하고 누구 간섭도 받지 않고 신랑에게만 잘하면 되었다. 꿈같은 생활이었다. 신랑을 위해서라면, 연이는 지금 죽어도 여한이 없다고 생각했다. 하루하루가 무지개 뜨는 황홀한 날이었다. 그런데 신랑에게 반찬 맛있게 해주려고 수

산시장을 돌아다니고 과로했는지, 피곤하고 감기가 들은 것 같았다. 감기약을 먹어도 잘 듣지 않고 갑자기 밥맛이 없고 어지러워 동네 병원에 갔다. 의사가 피검사를 하자고 하더니 백혈구가 높다고 말했다.

'내가 왜?'

지금까지 특별한 병이 없어서 무슨 병이 있으리라고는 생각지도 안했는데, 의사가 대학병원에 가 보라고 했다. 대학병원에 가서 검사한 결과 백혈병이라고 했다. 골수 이식을 하면 낫는다고 하는데, 가족 중에는 맞는 사람이 없어 기증하는 사람을 찾기로 했다. 신랑이 지금은 의료기술이 좋아져서 이식만 하면, 정상으로 치료가 되니까, 걱정할 필요가 없다고 위로해 주었다. 별것 아닌 것처럼 신랑이 말해 줘서 연이는 불안하면서도 마음이 놓였다.

연이에게는 두 살 많은 오빠가 있다. 오빠 친구 A와 B가 있었다. A와 B는 오빠를 자주 찾아왔다. 그렇게 오랫동안 친하게 지냈다. A는 검은 살결이고, 잘생겼다. A는 B만큼 키가 크지는 않고, 공부는 잘 했지만 가난했다. B는 A만큼 잘생기지 않았지만, 옷도 잘 입고 하얀 살결에 키도 늘씬하게 크고 부자라서 돈을 잘 썼다. 그들이 대학교 갈 때까지 잘해 주어 연이도 그들을 좋아했다. A는 명문대학에 장학생으로 갔지만, B는 명문대학에 못 가고 조금 낮은 대학에 갔다. 대학에 가고부터 두 사람은 연이에게 노골적으로 관심을 보이기 시작했다. 누구를 택할 것이냐고 대놓고 따졌다. 오빠는 A를 택하라고 했다. 부모님은 부자인 B를 택했다. 어느 날 연이를 나오라고 하더니 둘 중에 누구를 택할 것이냐고 그들은 말했다. 연이는 입장이 곤란했다. A와 B가 싸움이 붙었다. 연이는 무서웠다. 그렇게 친하게 지내던 사이인데 연이 때문에 싸우는 것이 싫었다. 연이는 내가 왜, 친한 친구를 싸우게 만드나! 마음속으로는 A를 좋아했지만, 그들이 싸우는 것을 보고 결혼하지 않기로 마음먹었다.

"나는 결혼하지 않을 거야."

그들은 대학을 졸업하기까지 마음을 바꾸라고 연이를 설득했지만, 그녀의 마음은 변하지 않았다. 그들이 대학을 졸업하고 취직했지만 변하지 않는 연이를 포기하고 두 사람 다 결혼했다. 둘은 다시 그때처럼 친하게 지내는 것 같지 않았다.

연이는 신랑에게 미안하기도 하고 너무 슬퍼서 울었다. 신랑은 주말마다 병원에 찾아왔다. 그 와중에 건강하던 아버지가 폐암에 걸렸다. 병간호를 해주던 엄마는 아버지 병간호를 해야 했다. 신랑은 간병인을 붙여주었다. 간병비가 하루에 10만원이라고 했다.

"자기야, 돈 걱정하지 말고, 먹고 싶은 것 있으면 꼭 말해. 알았지?"

"알았어."

"나는 자기만 있으면 돼. 조금만 기다려. 골수 이식 하면 괜찮을 테니까."

"알았어, 미안해."

"또, 그 소리."

저렇게 착한 남자가 내 신랑이라니, 정말 고마웠다. 연이는 비록 병원에 있지만 마음은 행복했다.

연이가 잠깐 잠들었다가 깼는데, 소름이가 앞에 앉아 있었다. 연이는 자신이 꿈을 꾸고 있나 싶었다. '저애가 왜 여기 있고, 간병인은 어디 갔나?'

"어, 깼네. 연이야 나야. 이렇게 아프면 내게 말하지, 왜 말하지 않았어? 서운하다. 얼마나 고생했니?"

신랑을 쳐다봤다. 신랑은 환한 얼굴로 말했다.

"서로 친한 친구라면서? 나는 몰랐지. 오늘부터 말벗도 되고, 고맙게 간병해 준다고 하셨어. 당신한테도 좋을 것 같아서 결정했어."

"……."

'저것이 어떻게 내 신랑을 꼬드겼나?'

마음이 불안했다. 착하기만 한 내 신랑은 남자를 잘 다루는 소름에게 속은 것이 분명했다. 아프기는 해도 마음만은 편안하던 연이는 불안하기 시작했다. 신랑이 나가고 소름이와 둘이만 있게 됐다.

"연이야. 너 시집 잘 갔다. 신랑이 참 착한 사람이더라. 네 친구라고 하니까 내게, 너 간호해 달라고 사정해서 왔다. 그럼, 내가 너를 잘 아니까 내가 너한테 아주 잘 해줄게. 모르는 간병인보다야 내가 훨씬 낫지. 힘든 것 있으면 내게 다 말해. 내가 너를 위해서라면 무슨 일은 못 하겠니.

"너 어떻게 우리 신랑을 만났니?"

"너희 집에 갔더니, 엄마가 아버지 병간호 하시더라. 아버지조차 편찮으셔서 어떡하니? 네 신랑이 네가 병원에 있다고 하더라. 너무 놀랐지. 누가 돌보느냐고 하니까 간병인이 돌본다고 하더라. 그렇게 할 수는 없지. 내가 누구냐. 너는 내가 당연히 보살펴 줘야지. 내가 보살펴 준다고 하니까, 네 신랑이 너무 좋아하더라. 그런데 지금은 내가 바쁘다고 했더니, 제발 봐달라고 당장 가자고 졸라서 왔지. 어쩌면 나한테 연락도 안 했니. 내가 알았으면 아무리 바빠도 내가 간병인 두게 하겠어?"

소름은 일찍 결혼하고, 아이까지 낳고 남편의 친구와 놀아나다가 남편에게 들켜서 실컷 두드려 맞고 맨몸으로 쫓겨났다고 소문났다. 소름이와 연이는 여고 동창생이다. 그때부터 바람기가 있어서 소문이 요란했다. 연이 오빠에게도 치근덕거렸지만, 연이 오빠가 싫어했다. 엄마와 아버지도 싫어하고 오빠도 연이에게 만나지 말라고 하는데, 집까지 찾아와서 귀찮게 굴었다. 연이는 소름이가 오면 엄마와 아버지에게 실컷 야단맞고, 오빠와 싸웠다. 연이는 소름이 집에 찾아오는 것이 지긋지긋하게 싫었다. 친구들도 소름이를 만나지 않으려고 피해 다녔다. 소름이가 결혼하고 얼마 동안 찾아오지 않아 편하다고 생각했는데, 남편에게 쫓겨나서 노래방 도우미로 나간다는 소문이 들렸다. 그런 소름이가 연이 간병을 한다고 왔다. 연이는 간병인 아줌마가 잘해주어서 아쉬운 것이 없었다. 소름이 오더니 잘하는 척하면서도 간섭이 많았다. 소름은 연이 마음을 무시하고 제 마음대로 했다.

"앗 뜨거."

"약은 따뜻한 물로 먹는 거야."

"너무 뜨거워."

"그 고집은 지금도 여전하구나. 내가 하라는 대로 해. 그러니까 암에 걸렸지."

이불도 두꺼워서 한 쪽만 펴서 덮으면, 온몸을 푹 덮어주었다. 답답해서 잠을 못 자겠다. 연이가 화장실을 갈 때도 먼저 간병인은 잠을 안자고 꼭 부축해 주었지만, 소름은 잠에서 깨어나지 않고, 잠만 잤다. 수혈을 하고 온몸이 뚱뚱 부었고 더구나 다리가 부어서 펴지지 않아 혼자 걸을 수도 없었다. 잔소리가 싫어서 혼자 가려고 하면 넘어질 것 같았다. 그러다가 잠을 깨면 깨우지 않았다고 소름은 잔소리를 퍼부었다.

"얘, 내나 하니까 네 심부름 하지. 간병인 못하겠다. 아이구, 힘들어!"

"힘들면 가. 너도 바쁘잖아."

"바쁘지만, 이런 너를 두고 내가 어떻게 가니?"

신랑은 휴일이 되면 와서 안심이 되는 모양이었다.

"다행이다. 친구가 와서 도와주니 내가 안심이 되네."

저렇게 안심하는 신랑에게 연이는 솔직한 마음을 말할 수도 없고 미칠 것 같았다. 소름은 연이가 피곤해서 자야겠다고 해도, 쓸데없는 잔소리를 쉬지 않고 해서 잠도 제대로 못 자게 했다. 밤이 되면 옆에서 코를 드르릉 드르릉 골았다. 연이는 소름이가 무섭기만 했다. 신랑이 오면 소름이가 따라 나가서 들어오지 않아 혼자 일어나기도 힘들어 눈물이 나왔다. 소름이 오고부터 그렇게 다정했던 신랑 눈치가 이상했다. 무슨 일인지 얼굴 표정이 싸늘해졌다.

"나 혼자 있을래."

"무슨 말을 하는 거야? 친구가 그렇게 잘해 주는데도 맘에 들지 않아? 그렇게 비위 맞춰 주는 사람이 어디 있어. 당신이 고집 부려도 다 받아주고, 그 고집을 누가 받아줘. 소름 씨니까 받아주지."

"당신에게 미안하지만 나 혼자 있고 싶어."

"시끄러. 미안하면 아무 소리 하지 말고 그냥 있어. 더 잘해 줄 사람 없다니까."

연이가 말하면 다 받아주던 신랑이 변했다. 신랑은 먹을 것을 전보다 더 많이 사왔다. 그러면 소름이 한 방에 있는 다른 환자와 보호자들에게 나눠주고, 간호사들에게도 갖다 주면서 선심을 썼다.

"왜 이렇게 많이 사와?"

"여럿이 나눠 먹으면 좋은 거지. 당신은 소름 씨가 하자는 대로만 하면 돼요. 소름 씨가 워낙 착해서 당신도 좋지 뭘 그래."

연이는 살고 싶지 않았다. 밥도 먹기 싫었다. 잠도 오지 않았다. 의사에게 잠을 못 잔다고 말했다.

"고집이 세서 그래요. 내가 하라는 대로 하면 좋지만 말을 들어야지요."

소름이 의사에게 얼른 말했다. 이제 신랑도 연이 말은 듣지 않고 소름이 말만 들었다. 너무 답답해서 고등학교 친구 보람에게 전화했다. 그것도 소름이 옆에 붙어 있어서 전화 할 시간이 마땅치 않았다.

"어, 연이야. 얼마나 힘드니? 코로나 때문에 병원에 가 볼 수도 없고…."

"소름이 때문에, 나 미쳐 죽겠다."

"소름이가 왜?"

"소름이 여기 있어. 지금 잠깐 나갔는데, 누구에게 전화 할 수도 없고, 들으면 나를 죽이려고 할 거야."

"그랬구나! 네가 병원에 입원한 뒤로 소름이가 전화했더라. 동창들 소식을 묻기에 네가 백혈병에 걸려서 병원에 가 있다고, 골수 기증할 사람을 기다리는데 아직 없어서 걱정이라고 했지. 그랬더니 누가 간병을 하느냐고 해서 아버지조차 암에 걸려서 엄마도 같이 못 있고, 간병인을 붙였다고 했더니 가봐야겠다고 하더라. 코로나 때문에 우리도 병원에 가지 못한다고 가지 말라고 했더니 그년이 기어이 병원까지 쫓아갔구나. 거기까지 생각은 못했다. 무슨 일이야?"

"소름이가 와서 우리 신랑 꼬드기어 간병인으로 왔어. 나, 소름이 때문에 하루도 살 수가 없다. 이걸 어떻게 해야 옳으냐?"

"나쁜 년. 전에는 내가 그년이 전화 오면 받지 않았는데, 내가 미쳤지. 왜 전화를 받고 내가 말을 잘못해서 소름이가 거기까지 가서 너를 못살게 구는구나. 신랑이 부자라고 하더니 복에 겨워서 암에 걸렸다고 해서 무슨 말을 그렇게 하느냐고 하니까 '맞는 말이잖아'하더니, 병원까지 가서 그럴 줄은 꿈에도 생각 못했다. 네 신랑에게 말해서 내보내라고 해."
"우리 신랑이 내 말을 듣지 않고, 소름이 말만 들어."
"이걸 어떡해야 옳으냐. 내가 네 신랑에게 말해볼게."
"내 말도 듣지 않는데, 네 말을 듣겠니? 나 미치겠어. 그냥 죽고 싶다. 흑흑흑…."
"친구들에게 말해서 의논해 봐야겠다. 걱정 마, 내가 나가게 할게. 나쁜 년…."

소름은 보람이 말을 듣고, 급하게 연이네 집으로 달려갔다. 노래방도 말썽이 나서 경찰서에서 감시가 심하고, 코로나 때문에 손님도 없어 할 일이 없었다. 마침 연이 신랑이 와 있어서 친한 친구라고 말하면서 자신이 연이을 돌봐 주겠다고 했더니, 연이 신랑은 아주 좋아했다. 연이 신랑은 부자라고 했고, 연이가 암에 걸렸으니 연이가 죽으면 잘만 되면, 부잣집 마나님이 될 수도 있다고 소름은 생각했다. 소름인 속으로 '쾌재'를 부르면서 연이 병실로 갔다. 연이는 반가워하지 않았다. 다행히 연이 신랑은 순진해서 소름이가 하는 말을 모두 곧이들었다. 소름인 연이에게 잘하려고 하는 것 보다 연이 신랑 볼 때만 잘 했다. 연이 신랑은, 소름에게 아주 고마워했다. 계획대로 잘되고 있는데 연이가 내보내려고 하는 것을 눈치 챘다. 소름은 지금 나가면 절대로 안 된다고 생각했다. 이런 기회는 다시 돌아오지 않을 것이다. 어떻게라도 이 자리를 지키면서 연이 신랑의 마음만 잡으면 된다고 생각했다. 소름은 잘 나가는 직장도 버리고 연이만 보살펴 주고 있는데, 연이가 몸이 안 좋으니까 신경질을 부려서 힘들다고 연이 신랑에게 말했다. 신랑이 왔다. 연이는, 신랑과 소름이 같이 있으니 말을 할 수가 없었다. 연이는 신랑에게 할 말이 있다면서 소름에게 나가 있으라고 했다.

"소름 씨가 들으면 안 돼?"

"그래, 내가 보호잔데 내가 들으면 어때서 그래. 괜찮아, 내가 다 해줄게."

"당신에게만 할 말이 있어."

"소름 씨, 잠깐 나가 있어요."

소름이 입을 삐쭉거리면서 나갔다. 원래 병원 방침이 코로나 때문에 보호자가 둘이 있으면 안 되는 것이지만, 소름인, 연이 신랑이 와도 나가지 않고 함께 있으려고 했다. 간호사가 나가라고 해도 이런저런 핑계를 대면서 나가지 않았다. 신랑도 소름이 있는 것을 좋아했다.

"뭔데 그래? 소름 씨가 저렇게 잘해 주는데, 뭐가 불만이야?"

"다른 간병인을 불러 주든지. 소름이 내보내지 않으면, 나 퇴원할 거야."

"그 몸으로 퇴원하면 누가 간병을 해준다고 그래. 소름 씨가 따라가서 간병을 해 줘야 하는 것 아니야. 병원에서 퇴원시켜 주지 않을 걸. 더 살려면 그 고집 버려. 왜 잘해 줘도 불만이야? 아프니까 짜증부리는 것은 알아. 그래도 그만한 사람 찾기 힘들어. 나도 지겨워."

신랑이 변했다. 연이는 살고 싶지 않았다.

"지겹다고? 그러니까, 집에 가서 죽을 거야. 나는 소름이만 보면 미쳐죽을 것 같아. 아, 제발 나 좀 살려줘. 소름이 걔 좀 안 보게 해줘."

"맘대로 해! 그 고집을 누가 말려."

신랑이 화를 내면서 나갔다. 전에는 연이가 고집을 부리면 웃으면서 받아주던 사람이다. 한참 있더니 소름이가 들어왔다. 소름이는 화가 잔뜩 나 있었다.

"세상에 은혜를 원수로 갚는다더니, 내가, 네게 무얼 잘못해서 나를 내쫓으려고 하니? 망할 년. 내가, 네게 안 해 준 것이 뭐가 있냐? 신랑을 잘 만나니까 아주 뵈는 게 없네. 나는 바쁜 사람인데 네 신랑이 사정해서 온 사람이야."

커튼을 확 젖히더니 병실 사람들에게 소리치면서 말했다.

"아줌마들, 내가 이 여자에게 얼마나 잘 했어요? 아시죠? 잠을 못 자고 화장실 쫓아다니고, 세수하면 수건 갖다 주고, 먹을 것 다 챙겨 주고, 약 시간 맞춰서 따뜻한 물 떠다 먹여주고, 이불 차버리면 아기처럼 덮어주고, 정성을 다 했건만 다른 간병인을 불러 달래요. 뭐가 불만이야. 꼴값 떨고 있네. 지가 언제 적부터 공주님이라고, 나를 업신여겨. 내가 할 일 없어서 여기 와서 이러고 있는 줄 알아? 잘난 척 하지 마."

"그래, 고마웠어. 이제 너 하고 싶은 것 하러 가면 될 것 아냐?"

싸울 힘도 없지만, 하고 싶은 말을 하면, 싸우자고 더 시끄러울 것 같아 참았다.

"한참 잘 나가던 직장 팽개치고, 친구 위해서 잠도 못 자고 보살펴 주었더니 나더러 나가라고? 정말 더러워서! 너 같은 년에게 내가 이렇게 당해야 되니? 나 너 때문에 갈 곳이 없어졌어. 손해배상을 톡톡히 해주지 않으면 나갈 수 없다. 배신도 이런 배신이 어디 있어. 쌍년!"

연이는 도저히 이렇게 살 수 없다고 생각했다. 더 참다가는 신랑과의 사이도 끊어지고, 소름이 때문에 병도 못 고치고 죽을 것 같았다. 의사에게 퇴원한다고 했더니, 안 된다고 했다. 연이는 죽고만 싶었다. 연이는 밥을 먹지 않기로 했다. 소름이가 억지로 먹이려고 해도 먹지 않았다.

"얘, 이러면 죽어. 억지로라도 먹어야 살지. 연이야, 내가 이렇게 사정한다. 네 신랑 생각해서라도 먹어야지."

달래는 척하면서 먹으라고 했다. 연이는 이렇게 해서라도 소름일 내보내려고 했다. 소름인 그 밥을 다 먹어치우고 연이가 먹은 것처럼 행세했다. 식당 배달 아줌마가 오면, 연이가 밥 가져오지 말라고 말하려는데, 소름이 얼른 말을 막았다.

"아니요. 그냥 가세요."

더 이상 참을 수 없다고 생각한 연이는, 약도 거부하고 항암주사도 맞지 않겠다고 선언했다. 약을 먹지 않았더니 소름이가 쓰레기통에 버렸다. 혈압도 재지 않았다. 소름이가 강제로 혈압을 재게 하려고 했지만, 연이는 죽을힘을 다해 거부했다. 연이는 기어이 정신을 잃었다. 깨어 보니 옆에 소름이가 앉아 있었다. 남편이 와 있고 의사들이 있었다. 무슨 일로 주사를 맞지 않느냐고 했다. 연이는 말할 힘도 없었다.

"교수님과 제 남편만 있게 해주세요."

의사 선생님이 소름이에게 나가라고 했다. 소름이 밖으로 나갔다.

"나는 소름이와 같이 있게 되면, 치료를 하지 않겠습니다. 나는 소름이만 보면 지옥입니다. 제발 소름이를 보지 않게 해 주십시오. 차라리 죽는 것이 더 나으니까, 나를 죽이든지 당신이 알아서 해."

"소름이가 누구에요? 간병인 말인가요? 그분이 누구죠?"

의사가 물었다.

"친구입니다. 왜 싫어하는지 모르겠습니다."

"그래도 환자가 싫어하니 내보내세요."

의사가 말하고, 건너편 할머니도 말했다.

"환자 말을 들어주세요. 저러다 죽이겠어요."

"알겠습니다."

소름이가 밖에서 듣고 들어왔다.

"뭐야, 이년이! 내가 너한테 어쨌는데. 말해봐, 이년아."

소름이 소리를 지르니까 의사가 전화했는지, 병원 직원들이 들어와서 소름이를 끌어내려고 했다.

"여기서 떠들면 안 됩니다."

"비켜! 내 옷은 가지고 가야지…."

소름이 제 옷가지를 챙기면서 욕을 퍼부었다.

"잘 나가는 직장도 버리고, 잠도 못 자고, 밤이나 낮이나 궂은일 다해 주니까, 배은망덕한 년. 네 년이 그러구도 복 받고 잘 사는지 어디 두고 보자….”

갖은 악담을 퍼붓고 갔다. 연이는 가슴이 벌렁벌렁 떨렸다. 그래도 앓던 이가 빠진 것 같았다. 다른 간병인이 왔다. 남편이 고함을 질렀다.

"이제 됐나요? 친구가 직장을 팽개치고 돌봐 주는데도 미워하고, 나는 소름 씨가 고마워서 마음이 편했는데, 당신이 해달라고 하는 것은 다해 주었는데, 뭐가 불만이야?”

연이도 소리쳤다.

"당신이 내 말은 들어보지도 않고, 소름이를 데리고 와서 당신은 편했는지 모르지만, 소름이와 둘이서 나를 괴롭혀서 죽이려고 했지?”

신랑은 일요일이 되어도 병원에 나타나지 않았다. '오늘은 기분이 어때?'하고 물어보고, 날마다 전화해서 재미있는 말로 웃겨주던 신랑이, 전화조차 오지 않았다. 연이는 불안했다. 커튼 밖에서 무슨 소리만 나면, 신랑이 오나 하고 동정을 살폈고, 휴대폰만 울리면 신랑인가 싶어 받으면, 쓸데없는 전화였다. 휴대폰이 울려서 얼른 받았다. 마음이 떨리면서 받았다. 친구

보람이다.

"연이야. 소름이 갔지. 지금은 어때?"

"소름이는 갔는데 신랑이 오지 않는다. 나 어떡해야 좋으냐?"

"기어이 그랬구나. 네 신랑과 만났어. 소름이 네 친구라고 해서 말벗도 되어주면 좋겠다고 생각했대. 소름이 하는 말이 좋은 직장도 팽개치고 오직 친구를 위해서 봉사했는데 배신했다고, 2년 동안 간병인 할 돈을 달라고 해서 주었대. 게다가 하루 일당도 다른 간병인보다 두 배나 주었대. 이 말은 아픈 네게 하지 말아야 하는데, 이판에 무엇을 숨길 수 있니. 할 수 없이 말해야겠다. 소름이가 자기 남편이 연이를 좋아해서 이혼했다고 하더래. 연이는 얌전한 척하면서 친구들 남편만 보면 꼬리를 쳐서 이혼시키고, 임신까지 하고는 결혼하지 않는다고 했지만, 그때 임신 중절수술을 하고 잘못 돼서 아기도 못 갖는다고 했대. 연이는 친구들과도 따돌림을 당해서 친구들이 싫어한다고 하더란다. 그래도 어려서 친했던 사람이라 원수 같은 사람이지만, 인간이 불쌍해서 지금까지 연락하고 지냈다고 하더래. 소름인 이혼하고 갈 곳이 없다가 모처럼 직장을 잡아서 자기 아니면 안 되는 곳인데, 연이가 아버지도 아프고 보살필 사람도 없이 불쌍해서 모두 팽개치고 너를 보살폈다고 말했대."

"제 행동을 내게 덮어 씌웠네."

"원래 그런 년이잖아. 소름이가 네 신랑에게 술 사달라고 해서 술을 사 주었더니, 같이 먹자고 해서 술 못 먹는다고 하니까 조금만 마시라고 해서 두 잔을 마셨단다. 소름인 잔뜩 취해서 호텔에 가서 하룻밤만 같이 자자고 해서 싫다고 했더니, 자기는 연이 때문에 남편에게 이혼 당하고, 직장도 잃었다고 엉엉 울더래. 그러더니 그냥 집에 갈 수 없다고 잠깐만 쉬었다 가자고 졸라대더란다. 그래서 내가 말했지. 소름이는 많은 남자들과 놀아나고, 결혼해서도 남편의 친구와 바람이 나서 이혼 당한 것이고, 노래방에 도우미로 나갔다고 했지. 그랬더니 네 신랑이 나더러 연이 친구라서 연이만 변명한다고 하면서, 연이가 그렇게 말하라고 했느냐고 하더라. 내가, 소름인 원래 이름이 소림인데, 친구들이 만나면 소름이 돋는다고 해서 이름이 그렇게 바뀐 것이고, 본인도 다들 그렇게 불러서 이제는 소름이로 통하는 사람이라고 내가 말했다니까. 우리 친구들은 소름이 만나기를 싫어하는데 연이가 병원에 입원했다고 내가 말하는 바람에 연이를 괴롭게 만들었다고 네 신랑에게 분명히 말했지. 정말, 나 때문에 네가 너무 심한 봉변을 당하고 있구나. 이걸 어쩌면 좋냐?"

"기가 막혀!"

"네 신랑 말이, 너를 믿고 있었기에 너무 놀랐다고 하면서, 그런 사람인 줄 몰랐다고 하더라. 청순하고 티 하나 묻지 않은 사람인 줄 알고 있다가, 그 소리를 듣고 배신감에 살고 싶지도 않다고 하면서 소름이가 불쌍하다고 하더라니까. 내가 연이는 남자들과 놀지도 않았고, 결혼도 하지 않고 살려고 했는데, 이제 병까지 생기고 누구를 믿고 사느냐고 하니까, 네 신랑 하는 말이, 지금은 자기 혼자 있고 싶다고 하면서, 내 말도 네 말도 믿지 못하고 오직 소름이 말만 믿는 것 같더라."

"앞이 창창한 젊은 사람 신세까지 망치면서 살고 싶지 않다. 그 사람은 착하기만 한 사람인데, 하필 나 같은 사람을 만나서 고생이다. 게다가 내가 병까지 얻어서 미안하기만 했는데, 지금이라도 좋은 사람 만나서 잘 살았으면 좋겠다. 그렇지만 소름인 절대로 안 된다."

"연이야, 열심히 병 고치고 살아서 오해를 풀어 주고, 네 신랑 행복하게 해줘라."

연이는 신랑 오해는 풀고 죽고 싶었다. 신랑은 연이 말이라면 무조건 믿었다. 그런 신랑이, 이제 와서 소름이 말만 믿고 연이를 의심하고 있다. 신랑은 들어오지 않았다. 한 병실에 있는 사람들이 수군거리는 소리가 들렸다.

연이는 결혼한 것을 후회했다. 날마다 슬픈 날이 되었다. 치료는 해서 뭘 하나? 그냥 죽고 싶어서 울다가 잠깐 잠이 들었다. 신랑이 들어오는 소리가 들렸다. 눈을 떴더니 신랑이 연이 손을 잡고 서 있었다. 꿈인지 생시인지 몰라, 연이는 어리둥절했다.

빼앗긴 첫사랑

빼앗긴 첫사랑

　남편이 출장 간다고 아침 일찍 집을 나간 뒤에 대충 청소하고 나니 할 일이 없다. 모처럼 한가한 시간이 되어 무엇을 할까? 어디를 갈까? 궁리하고 있는데, 핸드폰이 울렸다. 모르는 번호가 떠올라서 받을까 말까 망설이다가 받았다.
　"여보세요?"
　"죄송하지만 지원이 전화 아닌가유?"
　"맞는데, 누구시죠?"
　"아, 맞구나! 지원아, 나 숙자야. 너 오류동 산다며? 부천에 갔다 오다가 니 생각이 나서 전화했다. 나 지금 오류동역에 왔거든. 만나자. 나올 수 있지?"

"숙자라고? 그래, 나 금방 나간다."

초등학교와 중학교 다닐 때, 가장 친했던 숙자가 내 전화번호를 어떻게 알았을까. 전에 동창회에서 집전화로 전화가 온 적은 있었지만, 내 핸드폰 번호를 아는 사람이 있는 것 같지 않았다. 숙자! 숙자라는 말에 퍼뜩 중학교 1학년 담임이었던 김철영 선생님이 떠올랐다. 김철영 선생님만 생각하면 죄스럽기도 하고 뵙고 싶기도 했다. 숙자는 알고 있을까. 그렇지만 숙자도 나처럼 선생님 소식은 모를 것 같다. 하여튼 오랜 만에 숙자의 전화가 긴 장마철에 햇빛이 비춘 것처럼 무척 반가웠다.

내가 초등학교에 입학했던 날, 아주 예쁘게 생긴 아이와 처음 만났다. 오숙자였다. 첫눈에 얼마나 예쁘게 보였던지 그림도 그릴 줄 모르면서 집에 와서 공책에 동그랗게 그 아이의 얼굴을 그렸다. 내 얼굴은 둥글지도 않고 긴 편이었는데, 숙자는 보름달처럼 둥근 얼굴이었다. 살결도 하얗고, 예쁜 옷을 입었다. 나는 얼굴이 길어서 둥근 얼굴만 보면 무조건 부러웠다. 우리는 서로 마음이 통했는지 빠르게 친해졌고 날마다 붙어살다시피 했다. 우리 집이 초등학교와 중학교가 붙어 있는 학교 근처에 있어서 숙자는 자주 찾아왔다. 먼 곳에 사는 숙자와 친구들은 학교에서 10리쯤 떨어진 곳에 살았기에 비나 눈이 많이 오면 우리 집에서 자고 갔다. 숙자 부모님도 숙자가 집에 가지 않으면 으레 우리 집에서 자는 줄로 알았다. 우리 집에서 자는 날은 동네에 사는 같은 반 아이들까지 모두 우리 집으로 몰려왔다. 그럴 때면 우리는 밤을 새워 노래를 부르고 놀았다. 아버지와 어머니는 밤새 떠들어 시끄러운데도 웃으면서 그냥 받아주었다. 우리는 잠을 안자고 깔깔대며 놀았다. 옆집에 사는 한 이는, 신이 나서 소리를 지르며 떠들었다.

"워쩌구…♪."

그러면 다른 아이들도 같은 말을 반복했다.

"워쩌구…♪."

어쩌고저쩌고 했다는 말을 하고는 '워쩌구'했다 그렇게 떠들고 놀기도 했지만, 숙제가 많으면 밤새 등잔불을 켜놓고 조용히 새벽까지 공부했다. 속이 출출하면 여름에는 찐 감자를 먹고, 겨울에는 찐 고구마를 먹고, 모자라면 생고구마도 깎아 먹고, 차가운 동치미를 큰 바가지에 꺼내다가 먹었다. 숙자와 다른 아이들은 모두 일을 잘해서 아침에 일어나 방도 쓸고, 마루도 닦고, 일거리를 찾아서 했다. 어머니는 내가 몸이 약하다고 일을 시키지 않으면서 불만이 많았다.

"부잣집 애가 일두 잘 헌다. 너두 숙자 본 좀 봐라. 얼굴두 이쁘구… 누가 데려갈지, 저 애 데려가는 사람은 참 복두 많다."

여름에는, 오이와 참외를 가지고 와서 깎아 먹고, 가을이 되면 밤과 대추와 배를 가져오기도 했다. 늦가을에는 고사를 지내고 팥고물 찰시루떡을 가져와서 나눠 먹었다. 여름에는 치마를 걷어 올리고 다슬기를 잡아 우리 집에 와서 된장 넣고 삶아서, 대추나무 가시를 떼어다가 다슬기 속을 빼 먹으면서 창자 속까지 누가 더 잘 빼먹나 내기도 했다.

"하하하~~~" "호호호~~~" "히히히~~~"

웃음소리도 가지각색으로 동네가 떠나가라고 떠들어 댔다. 아버지와 어머니는 떠들어도 막내딸의 친구들이 떠드는 것이 귀여워서 웃기만 하셨다. 그날은 우리 집 대추나무가 수난을 당하는 날이다. 학생이 많지 않아 초등학교를 6년 동안 한 교실에서 같이 배웠다. 중학교도 멀리 가지 않고, 옆에 있는 학교로 숙자와 같이 가게 되었고 3학년 때까지 같은 반이 되어 한 식구처럼 지냈다. 시골 동네는 학생이 많지 않아 초등학교도 남녀 합해서 한 반뿐이고 중학교도 3학년까지 쭉 같은 반에서 공부했다.

나는 학교가 가까워서 일요일이나 수업이 끝나면, 학교 운동장에서 선생님이 타는 자전거 뒤에 앉아 허리를 꽉 잡고 노래를 부르면서 즐거워했다. 선생님은 저녁 먹고 나를 기다렸다. 일요일에도 자주 학교 운동장에서 선생님을 만나 자전거도 타고, 뒷산에도 가고, 냇가에도 갔다. 나는 공부하는 것보다 선생님과 만나는 것이 더 즐거웠다. 어떤 날은, 선생님과 냇가에 앉아 물수제비뜨기를 하는데, 선생님은 돌이 날아가면서 몇 번을 뜨면서 나갔지만, 나는 한 번쯤 튀기고 가라앉았다. 선생님이 놀렸다.

"에이, 그게 뭐니? 이 정도는 혀야지."

"다시 혀유."

다시 해도 한 번 아니면 두 번 간신히 뜨고 가라앉았다. 선생님은 매번 세 번, 네 번씩 뜨면서 나갔다. 나는 그러면 약이 올라서 다시 하자고 하지만 그때마다 계속 졌다. 봄이 되면 뒷산에 가서 진달래꽃을 따 먹고, 5월에는 아카시꽃이 온통 산을 하얗게 덮으면 아카시꽃을 따 먹기도 했다. 선생님은 내 머리에 아카시꽃으로 왕관처럼 만들어 꽂아 주었다. 그것을 쓰고, 남의 무덤 앞 잔디밭에 앉아 노래를 불렀다. 돌멩이를 주워서 누가 많이 나가게 하나 하면서 던지기도 했다. 그리고 일어나 꺼병이를 잡는다고 쫓아다녔다.

"얘, 지원아. 꺼병이 조, 조기루 들어갔다."

"선생님, 그쪽두 고, 고기루 들어갔슈."

탁구공만한 것이 쪼르르 가랑잎 속으로 '나 잡아 봐라'하는 것같이 잘도 도망쳤다. 한 번도 잡아본 적은 없지만, 그렇게 쫓아다니다 보면 저녁에는 그냥 곯아떨어졌다. 어떤 날은 숙직실에서 놀다 오기도 했다. 이튿날 학교에 가면 선생님은 나를 내세워 아이들을 나무랐다.

"지원이는, 어제저녁 실컷 놀구두 숙제했는디 느들은 뭐허는 겨."

어제 저녁 숙직실에서 우리 선생님과 또 다른 선생님들과 이야기하다가 늦게 집에 왔다. 숙직실은 우리 선생님이 거처하는 곳이었지만, 동네 사랑방처럼 저녁마다 선생님들이 모였다. 나는 언제나 선생님의 사랑을 빼앗기지 않으려고, 새벽같이 일어나서라도 숙제는 반드시 했다. 다른 선생님들도 예뻐해 주니까 나는 숙직실에 잘 갔다. 친구들은 선생님들과 친한 나를 부러워했다.

나는, 숙자네가 부자인 것이 부러웠다. 게다가 얼굴도 예쁘고, 살결도 고운 것이 공부 잘하고 잘생긴 오빠들까지 있어 숙자가 더더욱 부러웠다. 숙자는 오빠가 둘이 있는데, 반장을 하고 잘 입고 다니니까 더 멋있어 보였다. 숙자는 부잣집이라 예쁜 옷만 입고 다녔다. 우리는 무명치마나 광목옷을 입었고, 어쩌다 유구에서 짜는 인조 옷을 입으면 잘 입는 편이었다. 숙자는 비단 옷을 입고 운동화를 신고 다녔다. 우리는 검정 고무신을 신었다. 숙자네 집에 갔더니 기와집에 방도 많고 가족들이

다 얼굴이 좋아 보였다. 밥상을 들여왔는데 숙자와 둘이만 먹게 차려 와서 보니, 하얀 쌀밥에 생선 반찬에다 소고기국이었다. 우리 집은 명절이나 생일이 아니면 쌀밥을 먹을 수 없었다. 날마다 보리밥만 먹고 생선과 고기국도 아무 날이나 먹을 수 있는 것이 아니었다. 우리 동네는 기와집이 한 집뿐이고 모두 초가집이었다. 숙자의 예쁜 얼굴이 더욱 환하게만 보였다. 나는 중학교에 가서 간신히 운동화를 신을 수 있었고 교복을 입고부터 가난한 티를 겨우 감출 수 있었다. 그때는 떨어진 옷을 기워 입고 사는 사람이 많았다. 숙자는 공부도 제법 잘해서 성적도 상위권이었다. 그런 숙자가 담임선생님과 친하게 지내는 나를 질투했다.

"지원아, 우리 선생님 워뗘?"

"뭐가?"

"좋으냐 나쁘냐 말여?"

"우리 선생님 좋지. 너는 싫으냐? 무슨 소릴 허는겨?"

"그냥 헌소리여."

숙자가 선생님을 많이 좋아하는 것 같았다. 선생님의 사랑을 빼앗길 것 같다. 큰일 났다. 지금껏 친했던 숙자가 갑자기 미워지기 시작했다.

김철영 선생님은 중학교 1학년 1학기에 담임으로 우리 교실에 들어와 만나게 되었다. 국어를 담당했다. 키가 늘씬하고 조금 까무잡잡했지만 잘생긴 얼굴이었다. 여학생들이 좋아서 날마다 선생님 이야기를 했다. 인사를 '안녕'하고 손을 흔들면 아이들은 그것조차 멋있다고 떠들어댔다. 나는 몸이 약해서 선생님이 처음 왔던 날, 학교에 가지 못했다. 병원에 갔다 왔더니, 옆집 한이가 와서 학교에서 있었던 이야기를 해 주었다.

"선생님이 새루 왔는디 키가 크구 얼굴두 아주 잘생겼는디, 만나면 '안녕' 허라구 허더라. 데게 웃기구 재미있게 말혀서 애들이 모두 박수를 쳤다. 그러구 노래를 허라구 허는디, 애들이 노래 잘허는 애는 나오지 않았다구 혔다."

"그려서."

"뭘 그려서. 선생님이 날 당장 뎃구 오라구 허더라."

"그게 누군디?"

"누군 누구여 바로 너지."

"내가 노래 잘허니?"

"잘허지, 뼈기긴 왜 또 뼈겨. 요한이가 아주 꾀꼬리라구 말혔어. 하여튼 나더러 널 뎃구 오라구 혔으니께 낼은 가야 헌다."

이튿날 학교에 갔다. 나는 부끄럽고 미안해서 얼굴을 들지 못하는데, 선생님이 머리를 쓰다듬어 주었다.

"많이 아팠어? 이제 열심히 학교에 오자?"

선생님은 내가 아프다고 해서 관심을 가졌는지 나를 참 예뻐했다. 우리 집에도 날마다 왔다. 우리 집에 와서 우리 어머니에게 반찬 달라고 해서 가지고 갔다. 어머니가 광에 가면 광에 쫓아 들어가고, 부엌에 가면 부엌에도 쫓아 들어갔다.

"엄니 이건 뭐유? 장아찌네, 이거 저 주믄 안 되나유?"

"줄까유? 좋다믄 줘야쥬."

"엄니 이것 말구 무엇 또 읍나유? 있으면 다 주슈."

"짐치(김치)두 드릴까?"

"그류, 짐치두 주슈."

선생님은 대학교를 졸업하고, 처음으로 우리 학교에 발령을 받아 왔다. 숙직실에서 자취하고 반찬을 직접 해 먹었다. 공부도 참 열심히 가르쳤다. 어느 날 선생님은 조금 늦게 학교에 왔다. 얼굴이 빨갛고, 땀을 줄줄 흘리고 숨을 헐떡거렸다.

"미안허다. 오늘이 우리 아버지 생신이라 어젯밤에 집에 갔다가 오늘 새벽에 오느라고 늦었다. 대신 내가 더 열심히 가르칠게."

선생님의 고향이 청라라고 했다. 거기서 읍내까지 버스를 타고 와서, 버스가 없는 우리 학교까지 걸어오려면 빠른 걸음이라도, 걷는 시간만도 한 시간은 걸렸다. 하루 빠져도 되지만 선생님은 책임감이 대단한 분이었다. 그러면 거기서 새벽에 떠나서 왔을 것이다. 그리고 뛰었겠지. 힘들었겠다. 아침밥이나 제대로 먹고 왔나 모르겠다. 나는 그런 선생님을 좋아하게 되었고, 선생님은 내가 공부 잘해서 예뻐해 주었다. 다른 학생들에게도 인기가 많았고, 교장선생님도 성실하다고 많이 칭찬한다고 들었다. 아침 일찍 일어나 숙직실 앞을 깨끗이 청소하고, 동네 앞을 쓸고, 교무실을 청소한다고 했다. 동네 사람들에게 인사도 잘하고, 좋은 선생님이 왔다고 소문이 났다. 선생님은 동네마다 다니면서 무학자들에게 무료로 한글을 가르쳤다. 그때는 돈이 없어 학교에 다니지 못하는 사람이 많았고, 글을 모르는 사람이 많았다. 어느 동네에서는 처녀들이 선생님을 짝사랑해서 싸움하는 일도 있었다고 했다. 선생님은 모른 척, 공부 가르치는 데만 정신을 쏟았다고 했다. 십 리가 넘는 길을 자전거를 타고 다니면서 무학자들을 가르쳤다. 어른들은 무슨 탈이 날까 봐, 걱정하고 죄 없이 억울한 소리도 들었다고 했다. 옆에 여학생이 있다가 선생님이 얼굴을 돌리면 입을 맞추었다고 소문이 났다는 말도 있었다. 선생님은 좋은 뜻으로 시작했지만, 더 이상 좋지 않은 소문이 퍼지면 안 될 것 같아 할 수 없이 가르침을 그만두었다고 들었다. 공부하던 사람들이 서운해서 울었다고 했다.

선생님에게 3년 동안 수업을 받았다. 1학년 때, 학생들에게 시를 써 오라고 숙제를 냈다. 시를 어떻게 쓰는지도 몰라 지금 생각하면, 시 같지도 않은 시를 써 가지고 갔다. 선생님은 내가 시를 잘 썼다고 조그만 액자에 담아서 복도에 걸었다. 그래서 다른 선생님들까지 나만 보면, 앞으로 시인이 될 것이라고 칭찬했다. 어려운 문제는 나 혼자 바른 답을 쓰는 경우가 많았다. 반 친구들은 부러워도 했지만, 나를 질투하고 미워해서 힘든 적도 많았다. 공연한 트집을 잡아서 괴롭히기도 했다. 게다가 학교와 가깝게 살아서 선생님과 가족같이 지내는 것도 흠이 되었다. 숙자와는 초등학교 때부터 9년을 지냈지만, 고등학교에 진학하면서 헤어지게 되었다. 그렇게 내가 서울로 올라오면서 아주 소식이 끊어졌다. 내가 고등학교 2학년이 되었을 때 선생님이 전근을 갔다고 하면서 편지가 왔지만 답장을 못했다. 나는 선생님을 마음속으로는 정말 좋아했지만 감히 용기가 없어서 편지를 써 놓고 부치지 못했다. 방학이 되어 시골에 내려갔을 적에 선생님이 우리 집을 찾아왔다. 반가워하면서 왜 답장을 하지 않았느냐고 나무라면서 다음에는 꼭 답장을 해달라고 했다. 그러나 그 뒤로도 나는 답장을 수도 없이 썼지만 부치지는 못하고 말았다. 얼굴을 보지 않으면 마음도 멀어지는지 직장에 다니고 결혼하고 사느라고 선생님을 생각할 겨를이 없었다.

많은 세월이 흘러가고 살아가는 것이 바빠서 잊고 살았다. 가끔 중학교 동창회를 한다고 연락이 왔지만, 바쁘고 오랜만에 만나기도 어색해서 나가지 않았다. 김철영 선생님도 참석한다는 소식을 들었다면 갔을지도 모른다. 그러면서도 숙자의 소식이 유독 궁금했고 보고 싶었다. '지금쯤 어떻게 살까' 생각하다가도 부자였으니 시집가서 잘 살겠지, 지금도 그때처럼 예쁠 것이라 생각하니 만나지도 않고 질투까지 났다. '내가 왜 이러나' 하고 혼자 웃었다. 숙자가 생각나면 김철영 선생님도 함께 떠올랐다. 선생님을 생각하면 죄송해서 고개가 숙여졌다. 봄이 되어 진달래꽃을 보면, 선생님과 놀았던 생각이 났고, 아카시꽃이 하얗게 핀 산을 보면 선생님이 왕관을 만들어 씌워주던 생각이 났다. 선생님 뒤에 앉아 자전거를 타고 노래를 부르면서 운동장을 돌던 때를 생각하면, 노래가 저절로 나왔다. 선생님이 너무 보고 싶었다. 답장을 쓰지 않았던 것이 후회되기만 했다. 언제 한 번 만나 뵈었으면 좋겠다. 왜 진작 연락드리지 못했나? 아쉽기만 했다. 내가 어쩌다 심심하면 시를 쓰면서, 선생님께 죄송하고 뵙고 싶다고 썼다. 얼마 전에 시집을 내면서, 선생님이 이 시를 읽어주시기를 바랐지만, 그런 일은 없었다.

'이렇게 생각만 하다가 영영 만나지 못하고 세상을 등질 수도 있겠구나'

내가 너무 잘못했다고 생각하면서 후회스럽기만 했다. 이제는 선생님도 많이 늙으셨을 것이고, 어디서 어떻게 살고 계실까? 많이 뵙고 싶었다.

나는 급하게 얇은 스웨터 하나 걸치고 집을 나섰다. 어느새 벚꽃이 하얗게 눈발처럼 날리고 있었다. 아직 바람이 옷깃으로 스며들어 스웨터만 걸치고 나온 옷차림에 후회했다. 숙자는 지금도 그렇게 예쁘겠지. 화장도 하고 머리도 만지고 나올 것을, 보고 싶은 마음에 무작정 뛰어 나갔다. 숙자는 오류동역에서 한 다섯 살쯤 되는 남자아이와 손잡고 있었다. 옛날에 숙자는 옷도 잘 입었지만, 하얀 살결에 예쁘고 나처럼 바짝 마르지 않고 보기 좋은 몸매였다. 그런데 살이 뒤룩뒤룩하게 찌고 얼굴은 쟁반만한 숙자를 보고, 이 사람이 내 친구 숙자가 맞나 싶어 내심 무척 놀랐다. 살이 쪘는데도 곱던 얼굴이 피부가 거칠고, 지나다 거리에서 보면 알아볼 수 없을 정도로 촌스럽고 늙어서 시골 할머니처럼 보였다. 걸음걸이도 살이 쪄서 그런지 뒤뚱뒤뚱 걸으면서 다리가 아프다고 했다. 숙자가 그렇게 변했다는 것이 믿어지지 않고 실망스러웠다. 우리는 만나자마자 얼싸안고 얼굴을 비볐다. 손을 잡고, 가까운 오류식당으로 갔다. 숙자가 데리고 온 아이를 가리키며 말했다.

"내 손자야…,"

"벌써, 손자가 있어? 참 빠르기도 하다. 너 그럼 할머니네?"

"그럼, 할머니지. 나 많이 늙었지?"

"아니, 벌써 할머니가 된 것이 너무 빨라서."

나는 우리 아이들이 늦기는 했지만 결혼도 하지 않았는데, 숙자에게는 손자가 있다고 하니, 너무 빠르지 않나 싶었다. 나는 나를 늙었다고 생각하지 않고 옷을 마음껏 예쁜 것을 골라 입어도 되고, 아직은 멋을 부려도 된다고 생각하고 있었다. 할머니가 된 숙자를 보니 나조차 늙은 사람이 되는 것 같아서 공연히 숙자와 같이 있는 것이 창피스럽고 화가 났다. 나는 아이의 머리를 쓰다듬으면서 어딘가 낯이 익다고 생각했다. 갸름하고 가무잡잡한 미남형 얼굴이 그랬다. '어디서 봤을까?' 도무지 생각이 나지 않았다.

"손자 잘생겼네. 농사 잘 지었다."

"누구 닮지 않았니?"

"글쎄, 어디서 본 듯한 얼굴인데…!"

"잘 생각혀 봐. 니 첫사랑의 남자 같지는 안 혀?"

"내 첫사랑, 그게 누구지? 나는 첫사랑이 없는데…!"

"우리 1학년 때, 김철영 담임선생님 닮지 않았니?"

"아, 맞다. 아까부터 낯익은 얼굴이었어. 그런데 어떻게 된 거야? 너, 김철영 선생님과 결혼이라도 했다는 거야?"

"그려, 나 김철영 선생님과 결혼혔어. 애는 김철영 선생님 손자구."

"뭐라고? 진짜! 그게 정말이야?"

너무 놀라서 그 자리에 주저앉을 뻔했다.

"그려, 나는 니가 선생님과 잘 어울려 다니구, 구염두 받구 혀서 질투가 났었지. 그래서 선생님 전근 갈 때마다, 내가 편지두 허구 쫓아다녀서 결혼까지 혀 버렸다. 그런디 살아보니 겉과 속은 아주 다르더라. 무슨 남자가 내가 시장가는 곳까지 쫓아다닌다. 귀찮어 죽겄다. 하나에서 열까지 간섭을 혀서 사람 미치겄다. 옷을 어떻게 입어라, 파마를 어떻게 혀라, 구두두 자기가 사다 주구는 이게 이쁘니 이것을 신어라. 왜 그렇기 내게 관심이 많은지. 니허구 결혼혔다면 니헌테두 그랬을까? 니 생각이 나더라. 그려두 내가 싫다면 억지루 허게는 안하더라. 그 대신 내가 헌 것은 다 잘혔다구 허니께 다행이지. 내가 만든 반찬이 내가 먹어두 맛이 없는디, 맛있다구 헌다. '저 남자가 왜 저러지'속으로 웃었다. 그때 니가, 그렇기 날마다 죽구 못 사는 사람처럼 붙어 다니면서 즐겁게 지내는 것을 물렀으면, 내가 부러워서 질투허구 미치지 않았을 텐디…."

"그럼, 너 나 때문에 김철영 선생님과 결혼했다는 거야?"

"그려, 니는 물렀어. 내가 선생님 좋아허는 걸 물렀니?"

"알았지만, 그것은 그냥 학생이 선생님을 좋아하는 것으로 알았지."

분한 마음이 가슴속에서 불덩어리처럼 치솟으며, 내 손은 걷잡을 수 없이 떨렸다. 숙자에게 내 마음을 들키지 않으려고 참고 애쓰느라 말이 나오지 않아 간신히 입을 열었다.

"그 그래서 언제 결혼했는데?"

"고등핵교 졸업허구 쫓아다니다 대학두 다니다 말구 결혼혔지. 다른 사람은 보이지도 않드라구."

"나한테는 왜 연락도 하지 않았니?"

"진짜루, 니한테는 연락허구 싶었는디, 연락이 안 되더라."

"기막혀서."

"기막히지? 그런디 선생님에게 니가 보낸 편지라두 있었으면 질투가 나서 지금꺼정 볶았을 텐디, 워쩌면 다 버렸는지 니한티서 온 편지가 한 장두 읍더라. 워쨌느냐구 혔더니 편지가 오지 않았다구 허더라. 월매나 고마운지."

"……."

"편지가 있다구 혀두 나는 헐 말이 읍지. 내가 선생님을 좋아헌 것이니께. 그려두 흔적이 있으믄 두구두구 속상혀서 선생님을 볶아댔을 것 같여."

"내가 어쨌는데, 혼자서 장구 치고 북 치고 다했구나?"

"선생님과 니가 너무 붙어 다니니께 무슨 일이 있었는 줄 알구 괴로웠거든."

"그래서 내 편지가 없어서 선생님을 볶지 않았다는 거야?"

"그려. 근디 니는 글두 잘 쓰면서, 왜 편지 허지 않았니? 믿어지지가 않더라. 다 태워 부렀나? 하여튼 니 편지는 구경두 뭇혔어."

"그런 사이도 아니었지만, 그럴 줄 알았으면 편지할 것을…. 후회된다."

"이게, 그냥! 죽구 싶냐?"

내가 선생님에게 죄송하고 그리워서 시를 쓴 것을 숙자가 모르는 것이 다행이다.

숙자는 선생님과 결혼하고 꿈같이 살았다고 했다. 원래 자상한 성격이라 숙자에게도 더 없이 잘해주었고, 자식들에게도 아주 잘 해주어서 내게 질투했던 것이 사라졌다고 했다. 학교 수업이 끝나자마자 집으로 달려와서 집 안 살림을 같이 해 주었고, 숙자가 먹고 싶다는 것이 있으면 없는 것도 만들어다 줄 정도로 구해다 주었다고 말했다. 나는 학교가 가까운 곳에 살아서 같이 놀러 다닌 것밖에 없는데, 숙자는 나를 의심하고 질투했다고 했다. 여름에 원두막에서 수박을 먹던 생각이 났다. 선생님이 나오라고 해서 둘이 수박을 사서 칼로 자르려고 하는데, 어디서 나타났는지 숙자가 왔다. 우리 집에 갔다가 내가 없어 찾아왔다고 했었다. 숙자는 아마 그때부터 선생님을 사랑했고 나를 감시했었나 보다.

"그럼 원두막 갔을 때도 나를 감시하느라고 쫓아 왔었구나?"

"그려, 이것들이 나 읎을 때, 이렇게 둘이서만 다니는구나? 허구 속이 상혔지."

"그럼, 너 내가 아주 미웠겠다."

"죽이구 싶두룩 아주 미웠지. 워치기 허든 선생님을 내가 뺏어야 헌다구 생각혔지. 그런디 니가 서울루 가더라. 옳지 됐다. 인저부터 내 차지다 혔지."

"그런 것도 모르고, 나는 네가 나를 좋아한다고 생각하고 지금까지도 제일 친한 친구는 너라고만 생각하고 살았네."

"그런디 왜 동창회에는 나오지 않었냐?"

"가고 싶었지만, 거리가 멀어서 가려면 하루가 걸리니까 망설여지고, 그러다 보니 오래 되어서 가기가 싫어지더라. 그래도 너는 보고 싶었어. 내 전화번호는 어떻게 알았니?"

"시골 니네 집에 가서 오빠헌티 물어봤지."

정말, 나는 숙자가 보고 싶었다. 그렇게 보고 싶던 숙자를 만났지만, 안 만나고 그냥 추억으로만 생각하면서 살았으면 더 좋았을 것을… 잘못된 만남이다.

지금은 선생님이 학교를 퇴직하고 숙자와 둘이서만 산다고 했다. 선생님이 퇴직하고 집에 있게 되니 더 자상해져서 둘이서 여행도 다니고, 취미로 같이 그림을 그리러 다니고, 등산도 같이 다닌다고 했다. 남들이 숙자에게 부럽다고 한다고 자랑했다. 먹을 것이 있으면 숙자만 먹이려고 해서 살이 쪘다고 불만처럼 말했다.

"뭇살겄다. 좋은 것 있으면, 나만 먹으라구 허니 이렇기 살이 쪘잖여. 살 쪄두 좋으냐고 혔더니, 당신은 살이 찌면 찐대로 이쁘다나? 미치겄다. 나를 이렇기 돼지를 만들어 놓구 좋아서 허니, 워쩌야 옳으냐?"

"너 지금 내게 자랑하는 거지?"

"내가 돼지가 돼 가지구 창피혀서 어디 돌아다니지두 뭇허겄다. 어이구, 절구통 같은 몸뎅이 만들어 놓구 혼자 즐기는 웬수를 만났는디 무슨 자랑꺼지…."

"자랑으로 들린다."

아들과 딸이 결혼해서 개봉동과 부천에 산다고 했다. 오늘도 부천에 있는 딸네 집에 갔다가 오는 길이라고 했다. 지금까지 충청도 고향에 살면서 밭을 가꾸고 과일나무를 가꾸면서 아들과 딸네 집에 다니러 왔다고 했다. 숙자는 자랑하느라고 침을 튀기면서 말하지만, 나는 밥이 입으로 들어가는지 콧구멍으로 들어가는지, 제대로 입에 들어가지 않았다. 도저히 다 들을 수가 없었다.

"잠깐 나 화장실 다녀올게?"

이건 뭐야! 내가 좋아하는 선생님과 자기는 결혼까지 했다고…, 선생님 꼭 빼닮은 손자를 데리고 나와 내게 뻐기자는 것 아닌가. 은근히 험담하는 척하면서 자랑하고 있다. 나는 도대체 숙자의 속셈을 알 수가 없다. 더는 숙자의 말을 듣고 싶지도 않고, 이 자리를 피하고 싶기만 했다. 내가 이런 소리를 들으려고 여기까지 달려왔나? 몰랐으면 좋았을 것이라고 후회했다. 어려서 즐거웠던 숨어버린 추억들이 살아나오면서 왜? 분한 생각이 나기만 하고, 숙자를 다시 쳐다보고 싶지 않았다. 숙자와 즐겁게 지냈던 추억보다 선생님과의 추억들이 더 선명하게 생각났다. 숙자를 다시 보고 싶지 않지만 할 수 없이 화장실에서 나왔다. 내가 나오자 그때 숙자의 핸드폰이 울렸다.

"야, 왜유?"

"마중 나가려구, 워디여?"

"나 지원이 만났어. 지금 오류동인디, 밥 먹고 갈게유."

"지원이허구 같이 있다구? 나, 개봉역에 당신 마중 나와 있거든. 내가 그리 갈게."

숙자와 통화하는 상대방의 소리가 다 들렸다.

"내가 미친다. 워디 혼자 가지두 뭇헌다. 이 나이까지 이렇게 전화 혀서 워디 있는지 확인허구. 전화가 연결되지 않으면 계속허구. 어유 지겨워. 누가 나를 잡아 먹기라두 허나. 글쎄 지금 이리루 오신다구 헌다."

나는 그냥 그 자리를 도망치고 싶었다. 숙자가 뭐라고 지껄이지만 아무 소리도 들리지 않았다. 보고 싶었던 선생님이었지만, 만나고 싶지 않았다. 이 자리를 얼른 피하고만 싶었다. 내 마음도 모르고 김철영 선생님이 오셨다. 눈물이 쏟아질 것 같았다. 마음 같아서는 선생님의 가슴에 폭 안기고 싶었다. 선생님이 정말 미웠다. 정장을 하고 한껏 멋을 부리고 나오셨지만, 얼굴은 주름투성이고 허리는 굽어지고 희끗희끗한 머리는 몇 가닥 남지 않아 민둥산이었다. 만나지 않았으면 좋았을 것을….

내 가슴속에서 큰 둑이 무너지는 소리가 들렸다.

질투

질투

　민지와 신자를 만나는 날이다. 어린 시절 놀던 생각이 나서 웃음이 나오다가 웃음이 지워졌다. 그들을 만나면 옛날 초등학교 시절로 돌아가 입을 쉬지 않고 지껄였다. 어느 선생님은 어떻고, 누구는 노래도 잘하고 교실 분위기를 웃음바다로 만들어서 재미있었고, 누구는 공부는 잘했지만 말이 없었고, 누구는 공부를 지지리도 못했다고 수다를 떨기 시작하면 끝이 없어 시간가는 줄을 모른다. 심지어 발가벗고 물속에 들어가 놀던 이야기까지 하면서 킬킬거렸다. 세상이 좋아져서 핸드폰으로 만나자고 하고, 문자를 보내고 목소리가 듣고 싶으면, 당장 전화해서 한나절 수다를 떨기도 한다. 오늘은 또 무슨 이야기를 할지 궁금하다. 얼굴은 어려서의 그 얼굴은 아니지만 마음은 어릴 때의 마음 그대로다. 처음 만났을 때는, 옛날 모습이 아니어서 어리둥절하고 낯설었지만, 금세 옛날로 다시 돌아갔다. 만나지 못할 줄 알았던 민지를 다시 만나서 더욱 반가웠다.

초등학교 5학년 초여름, 인이는 집에서 점심을 먹고 학교에 갔다. 같이 앉은 짝꿍, 민지가 눈물을 펑펑 쏟으면서 아버지가 죽었다고 급하게 책가방을 싸가지고 집으로 갔다. 민지는 언제나 밝고 명랑하고 친절해서 친구들이 많았다. 민지 네는 잘사는 집인지, 예쁜 옷 입고 도시락도 쌀밥을 싸가지고 다녔다. 그때 아이들은 대부분 도시락에 깡 보리밥에 김치나 깍두기만 싸가지고 왔고, 부잣집 아이들만 쌀밥을 싸 왔다. 인이는 집이 가까워서 도시락을 싸지 않고 집에 가서 먹었기 때문에 몰랐지만 아이들이 말해 주어서 그런 내력을 알았다. 민지 아버지가 생각났다. 민지 아버지가 학교에 무슨 일로 찾아 왔을 때, 시골에서는 볼 수 없었던 양복 입은 멋쟁이였다. 그런 민지 아버지가 죽었다고 했다. 그 뒤로 인이는 민지를 만나지 못했다.

인이네 동네는 박 씨와 이 씨가 동네를 이루고 살았다. 서로 자기들이 더 양반이라고 하면서 친하게 지내면서도 은근히 편을 가르고 있었다. 양반이란 말은 나이가 많은 노인들이나 따지게 되었고, 젊은 사람들은 그런 것을 알려고도 하지 않았다. 옆 동네에는 평민들이 살았지만, 농토가 많아서 인이네 동네보다 더 잘 살았다. 이미 조선이 망하여 종문서가 없어졌다. 일제에서 해방이 되고, 6·25전쟁을 겪으면서 양반과 상놈이라는 것이 없어지고 돈 많은 사람이 양반이라고 했다. 동네에서 종살이했던 사람이라도 부자가 되면 양반이 그 집과 사돈이 되고 싶어하는 시대가 되었다. 양반이고 상놈이고 다 같은 사람이지만, 옛날에 누가 그런 것을 정해놔서 똑똑한 사람도 상놈 딱지만 붙으면 사람 취급을 받지 못하고 살았다. 땅도 없고, 배운 것도 없고, 대단하지도 않으면서 양반이라고 큰소리만 치는 사람도 있었다. 전에 조상이 한 번 벼슬 했다고 대대손손 양반이라고 큰소리 쳤다. 평민들은 벼슬만 못했을 뿐이지, 남의 종살이한 것도 아닌데 옛날 사람들은 그런 것을 중요하게 따졌다. 종살이 했다고 그들이 잘못을 저지른 것도 아닌데, 일만 부려먹고 짐승만도 못한 취급을 받았다. 이제 그런 것이 없어진 지 오래 됐건만, 양반 같지도 않은 양반들이 으스대고 잘났다고 평민들을 얕잡아 봤다. 인이네 동네는 말만 양반이라고 하지 대단한 부자는 있지도 않았다. 가난하게 살아서 간신히 입에 풀칠만 하고 목숨만 유지하고 사는 사람이 더 많았다. 그래도 족보를 만들 때는 돈 많은 평민이 자기 조상을 버리고, 돈을 많이 주고 족보에 올렸다.

옆 동네 민지 아버지는 대학교를 나와서 군청에 근무하고 있었다. 잘생기고 살결도 고운 데다가 체격도 좋고 키도 컸다. 게다가 말도 함부로 하지 않고 예의도 발라서 어른들이 칭찬했다. 청소년들은 우러러 보고 부러워하고, 같은 또래 사람들은 질투했다. 민지 아버지와 인이네 동네 이 씨 아저씨는 고등학교 동창이다. 만나면 술도 마시고 농담도 하면서 친하게 지냈다. 이 씨 아저씨는 헌병이라고 했다. 휴가를 나와서 그날도 둘이 술 마시고 평소와 같이 농담을 주고받았다.

"야, 니 애비 선식이는 잘 있냐?"

"어, 잘 계셔. 니 애비 영득이도 잘 있고?"

"뭐야? 이 쌍놈이 어디 양반 어른에게 함부로 이름을 불러. 건방진 놈…"

이 씨 아저씨가 칼을 휘둘러 민지 아버지를 마구 찔렀다.

"니가 내게 이럴 줄 몰랐다."

민지 아버지는 쓰러져 죽으면서 한 말이 마지막이었다. 민지 아버지는 피를 너무 흘려서 병원에 가기 전에 그 자리에서 죽고 말았다. 민지 아버지는 장남이라 남동생들이 많았다. 이 씨 아저씨는 헌병이라고 했는데, 헌병이라고 잘난 체를 했나? 질투를 해서 세상이 보이지 않았는가. 친구가 잘 된 것이 아니꼬 았는지도 모르겠다. 이 씨 아저씨도 장남이라 동생들이 많았다. 민지 삼촌들이 이 씨 아저씨네로 몽둥이를 들고 쳐들어가 이 씨 아저씨 동생들을 사정없이 두들겨 팼다. 민지 삼촌뿐 아니라, 그 집안들이 상놈이란 말에 모두들 몽둥이를 들고 따라왔다. 이 씨 아저씨 동생들은 형이 잘못했기에 말 한마디 못하고 무조건 맞아서 피투성이가 되었다. 민지 삼촌들은 수시로 쳐들어왔고, 이 씨 아저씨 동생들은 대문을 걸어 잠그고 집에서 나오지도 못하고 읍내 장에도 못 갔다. 이 씨 아저씨네에게 아무도 편들어 주는 사람이 없었다. 동네에 있는 초등학교 운동회가 있어서 조카들 응원하러 갔다가, 민지 삼촌들이 눈을 크게 뜨고 찾아다녀서 이 씨 아저씨 동생들은 붙들리면 맞아 죽을까봐 모두 도망쳤다.

"너, 뭐야? 너, 이 가지?"

"난, 박가요."

민지 삼촌들은 이 가라고 하면 무조건 반죽음을 시켰다. 그들은 미쳐 있었다. 동네 사람들은 이 씨네 식구들과 가까이하지 않으려 했다. 이 씨 아저씨 네는 집안이 쑥대밭이 되었다. 이 씨 아저씨는 감옥에 갔고, 이 씨 아저씨 네는 도저히 우리 동네에서 살 수 없었다. 누구에게 말도 하지 않고, 이 씨 아저씨 네 가족들은 밤에 소리 없이 어디론가 도망치고 말았다. 인이는 빈집을 지나다 보면, 뒤에서 누가 머리를 잡아당기는 것 같기도 하고 무섭기도 해서 급하게 지나갔다. 슬프게 울던 민지가 생각나서 그곳에 가고 싶지 않아 가능하면 그 집을 피해 다녔다. 이 씨 아저씨는 민지 아버지가 잘되고 어른들이 칭찬하니까 질투가 났는지도 모르겠다. 민지 남동생들도 아버지를 닮아 잘생겼지만 하루아침에 아버지를 잃은 아이들이 되었다. 민지는 다른 학교로 전학을 가고 다시 만날 수 없었다.

인이가 소설을 공부하러 문화원에 다니는데 여자 둘이 새로 들어왔다. 이름이 김민지 라고 소개했다. 소설을 공부하고 싶은 수강생이 많아지는 것 같다고만 생각하고, 별로 관심이 없었다. 두 주가 지나고 곱상한 여자가 인이를 자꾸 쳐다봤다. 저 사람이 왜 자꾸 나를 쳐다볼까 싶어 인이는 이상하게 생각했다.

"혹시 ㅇㅇ초등학교 나오지 않았어요?"
"그런데, 왜요?"
"언니, 나 몰라? 나 김민지야."
"뭐라구? 너 정말 김민지야?"
50여 년 만에 처음 만났다. 화려한 미인은 아니래도 귀엽게 생기고 예쁜 얼굴이지만 고생티가 보였다. '그래 얼마나 고생했으랴' 그동안의 소식이 궁금했지만 겁이 나서 묻지 않았다. 강의가 끝나고 식당으로 갔다. 밥을 먹으면서 민지가 그동안의 이야기를 대충 말 했다.

"참, 오랜만이다. 그러구 보니까 니가 전학 가고 처음이다."

"정말, 언니 보고 싶었어."

민지는 읍내 초등학교로 전학을 갔지만, 아이들이 시골학교에서 전학 왔다고 따돌림을 시켜서 학교 다니기가 힘들었다고 했다. 민지는 그러지 않아도 아버지가 죽고 기가 죽었는데 더욱 힘들었다고 했다. 민지는 반 친구인 신자와 같이 다녔다. 신자는 민지처럼 곱상하지는 않아도 남자처럼 씩씩하고, 기운도 세고, 힘든 일도 척척 잘하면서 사람들과 만나면 금방 친할 수 있는 말재주가 있었다.

"니네들 어떻게 만났니?"

"시장에 갔는데 글쎄 한 동네 살았더라구. 얼마나 반가웠는지. 그때부터 이렇게 붙어 다녔지. 나는 글에는 관심도 없고, 소질도 없어서 스포츠 댄스나 등산 같은 것을 좋아하는데, 민지가 한 번 가보자고 졸라서 왔지. 대신 여기서 언니를 만나다니, 얼마나 좋은지 몰라."

"그러게, 나 만나서 싫다고 하지 않으니 고맙다."

셋은 잘 어울렸다. 강의가 끝나면 골목 안으로 들어가서 자장면도 먹고, 된장찌개도 먹고, 어떤 날은 갈비도 뜯었다. 일식을 먹을 때도 있고, 양식을 먹을 때도 있지만, 인이는 된장찌개가 제일 좋았다. 때로는 커피점에 들어가서 커피도 마시면서 지난 이야기도 하고, 강의 이야기도 하면서 즐겁게 지냈다. 인이는 소설 강의 날을 기다리게 되었다. 인이는 민지와 신자를 만나면 어려서 초등학교 시절이야기를 하면 마음이 어려지는 것 같아 재미있었다. 인이는 호적이 늦어서 학교를 아홉 살에 들어갔고, 민지와 신자는 일곱 살에 들어가서 인이가 그네들보다 두 살 더 먹었다. 학교 다닐 때는 그런 것을 모르고 살았지만, 오랜만에 만나니 그러지 말라고 해도 꼭 언니라고 불렀다. 신자는 민지하고 동갑이라 같이 언니라고 불렀다. 인이는 옷도 가방도 관심이 없어 메이커 이름도 몰랐다. 그런데 신자가 민지에게 물었다.

"너 그거 얼마 주었니?"

"칠백만 원."

"와, 비싸다. 나는 이거 가짜라 칠만 원 줬다. 누가 사줬어?"

"김 사장이."

"김 사장이 그렇게 비싼 것을 사줘? 너 참 대단하다."

"백화점 갔는데 가방을 고르라고 하드라구. 이왕이면 좋은 것을 사준다고 해서 이걸 골랐지."

"간도 크다."

"이것 말고도 잘 사줘. 김 사장은 혼자 살면서 내가 말동무 해준다고 고마워하거든. 김 사장은 돈은 많은데 말을 편하게 할 친구가 없다고 내가 좋대."

그때서 보니까 민지 가방은 빛이 나고 신자 가방은 똑같이 생겼는데 빛이 나지 않았다. 김 사장이 누군지 모르지만 비싼 것을 사줄만 하니까 사줬겠지. 인이는 가방에 물건이 들어가면 됐고, 메이커에 관심도 없었다. 그러나 신자는 민지를 굉장히 부러워했다. 만나다 보니 가깝지 않던 신자와도 친하게 되었다. 신자가 자주 전화했다. 인이가 글을 쓰고 있다는데도 한 시간도 전화하고, 어떨 때는 두 시간도 전화를 해서 인이는 팔이 아프다고 그만 끊자고 했다. 신자는 여기저기 부동산도 많고 돈도 많지만, 돈을 많이 아꼈다. 음식을 먹어도 자기가 먼저 돈 낼 생각은 하지 않았다. 손해나는 일은 하지 않았다.

"있잖아, 언니. 민지는 복도 많다."

"걔가 무슨 복이 많아. 혼자 사느라고 얼마나 힘들었겠어."

신자는 민지의 어린 시절에 고생한 것을 짐작했을 것인데도 부럽기만 한 모양이다.

"언니는 몰라서 그래. 민지는 남자 친구가 얼마나 많은지 알아?"

"혼자 사니까 남자 친구도 있을 수 있지."

"언니 왜 그래?"

"내가 어때서. 사실이잖아."

"걔는, 이 남자가 옷 사주고 가방 사 주고, 저 남자가 반지 사주고, 자동차 사주고, 재주도 좋아."

"너도 남자 친구들에게 사달라고 해?"

"나는 그렇게 못해."

"왜?"

"난 민지처럼 못해. 하고 싶지도 않고."

신자는 친구가 많다. 남자 친구는 더 많다. 그런데 뭘 못한다는 것인지 모르겠다. 민지가 염치가 없다는 것인지, 자기는 남자에게 그렇게 요구할 수 없다는 것인지 알 수 없는 말을 했다. 남들이 볼 때는 신자가 민지보다 더 야하게 하고 다니고, 남자 친구도 민지보다 많은 것 같았다. 내숭을 떠는지도 모르겠다. 민지는 비싼 옷과 가방을 들고 다니지만, 티가 나게 야하게 하고 다니지 않았다. 인이는 바람피우는 사람들을 싫어했다. 바람피우는 사람들을 아무 상관없는 사람도 좋아하지 않았다. 그런데 인이 마음속에 왜 그런지 민지가 남자들과 친하게 지내는 것이 흠으로 보이지 않았다. 혼자 살면서 남자 친구와 마음을 풀면서 잘 지내고 잘 살기를 인이는 마음속으로 바라고 있다. 남자나 여자나 친구가 많다는 것은 흉이 되지 않는다. 게다가 민지는 남편도 없으니 바람이라고 할 수 없다. 남의 가정에 피해만 입히지 말고 민지가 인생을 즐겁게 사는 것을 바라고 있다. 착한 사람이라 누구를 괴롭힐 사람이 아니기에 인이는 민지가 행복하게 사는 것이 보기 좋았다.

"언니 글쎄, 민지네 사장이 민지를 좋아해서 결혼하자고 한 대. 밤새 술을 먹고 자기 이야기를 쉬지 않고 해서 억지로 들어주다가 민지가 병이 났대. 그러면서 자기 아내나 되는 듯이 다른 남자 만날까 봐 감시를 하려고 한 대. 그런데 그 사람과 사업을 같이 한다는데, 사업을 하는지 무엇을 하는지? 민지는 사귀는 남자가 많다고 하드라구. 그래서 다 끊고 그 남자 하나만 만나라고 했어."

"니가 왜 그렇게 말해? 자기가 알아서 하겠지."

"하나만 만나지. 그게 뭐야. 화류계 여자도 아니면서."

"고생 많이 했잖아. 화류계 여자 아니라도 남자 친구 많으면 안 되나?"

"고생하지 않은 사람이 어디 있어."

"나는 민지만 보면 안쓰럽더라."

소설반에 무슨 사업을 크게 해서 돈을 많이 벌었다는 글도 잘 쓰는 점잖은 남자가 들어왔다. 우리는 그 남자와 친하게 되었고, 자주 밥을 같이 먹었다. 그 남자가 친구와 같이 왔다. 그 남자와 소설평을 하다가 같이 어울리고 친하게 되었다. 우리가 같이 갈 때마다 돈은 그 남자가 지불했다. 그렇게 강의가 있을 때마다 같이 몰려다녔다. 그러다 보니 강의가 없을 때도 시간을 정해서 자주 만났다. 인이와는 독서평을 많이 하게 되다보니 자주 어울리게 되고, 같은 글 친구가 되었다. 그 남자는 조선시대에 조상이 정승을 했던 후손이라고 말했다.

신자가 밤에 전화가 왔는데 울 것 같은 목소리였다.

"언니, 글쎄! 민지는 무슨 매력이 있는지 두 남자가 민지만 좋아한다. 나는 쳐다도 안 보고, 민지 눈에만 들려고 해. 오늘 저녁에 그 남자는 민지하고 어디 갔나봐. 둘이 나가더라구. 나 오늘 저녁 잠 못 자겠어. 언니 내 심정 알지? 나 어떡해?"

"알지. 그렇지만 남자가 그 사람뿐이냐? 그 사람들은 민지 타입을 좋아하지만 또 다른 사람은 너 같은 타입을 좋아하는 사람도 많아. 너는 말도 잘하고 매력이 많잖아. 그리고 너도 남자 친구 많잖아. 꼭 그 사람이라야 하니? 속상해 하지 말고 눈을 크게 뜨고 더 좋은 사람 찾아봐."

"언니, 정말 내가 매력이 있어?"

"그럼, 너는 매력이 많지."

"언니, 나 남자 하나 소개해줘."

"내가 아는 남자들은 글만 쓸 줄 알지 노는 것은 아주 젬병이야. 멋대가리가 하나도 없어. 나같이 놀 줄도 모르는 바보가 어떻게 소개해 주니. 만나는 친구 중에서 찾아봐."

"언니는 발이 넓잖아. 나 미치겠어. 언니 꼭 괜찮은 남자 소개해줘. 응?"

"욕심도 많다."

신자는 공연히 민지를 오해하는 것 같다. 민지에게 색안경을 끼고 보는 것 같다. 남편은 없지만, 민지는 누구를 괴롭히는 성격도 아니고 착한 사람이다. 하긴 신자도 남편이 없다고 했다. 남편과 이혼하고, 서울 와서 사업해 돈을 많이 벌었다고 했다. 게다가 집장사해서 재미를 많이 봤고, 부자가 되었다고 했다. 민지는 인이에게 그런 소리 하지 않으니 인이는 아무것도 모른다. 전부터 친한 신자에게 하나에서 열까지 사생활을 다 말하는 모양이다. 인이는 신자에게서 민지의 사생활을 듣고 있다. 민지는 신자가 질투하리라고 생각을 못한 모양이다. 며칠 있더니 신자가 또 전화 왔다.

"언니, 민지 성질 더럽대. 나 민지 그러는 것 처음 봤어."

"왜?"

"몇 년 전에 우리 동네 사람들과 강원도에 놀러 가서 재미있게 놀다 왔거든. 그 뒤로 거기 같이 간 사람끼리 모임을 해서 가끔 제주도로, 경상도로 자주 놀러 다니다가 올해는 베트남도 갔어. 그런데 며칠 전에 그들과 모임을 우리 집에서 했는데, 민지도 오라고 했더니 글쎄 민지가 눈치를 채고 난리도 아니었어."

"뭣 때문에?"

"그런 모임을 하면서 자기한테 숨겼다고. 저는 아는 사람들이 많으면서 내가 하는 모임까지 같이 하고 싶은 가봐. 지랄 난리를 내서 나하고 한 판 했어."

"니네들 사이가 좋아서 보기 좋았는데 왜 그랬어?"

"정나미가 떨어져서 다시 민지 만나기도 싫어."

"그러지 마. 니가 잘못했구먼. 그렇게 친하게 지내면서 왜 민지를 뺐어?"

"언니는 민지 편만 들더라. 민지는 다른 친구도 많으면서 뭐가 서운해서 지랄이야."

"그래도 민지는 너하고 같이 놀고 싶은가 보지. 민지는 너와 친한 친구잖아. 너는 민지가 사람들에게 인기 있는 것을 엄청 질투하는 것 같다."

"질투도 나지. 그렇지만 나 민지 좋아하는 남자 좋아하지 않

아. 그런 남자가 뭐가 좋아. 오죽하면 여자도 없이 남자가 혼자 살고 있어. 건강해 보이지도, 않고 나는 그런 남자 싫어."

신자는 민지가 남자들에게 인기 있는 것이 질투가 나는 것 같다.

"그 봐, 너하고 걔하고 생각하는 것이 다르지. 민지는 외로워서 사람을 좋아하는 거야. 민지도 불쌍한 애잖아. 그러지 말고 착한 네기 보듬어 줘라. 친구 좋다는 것이 뭐냐."

민지가 남자 친구가 많다고 샘을 낼 때는 언제고 무슨 소리를 하는지 모르겠다. 그러면서 신자는 민지가 남자 친구가 많다고 사람들에게 말했다. 그러니까 사람들이 그러면 어떠냐고 하더라고 말했다. 민지가 그 남자와 만나는 것을 방해하려고 하는 것처럼 들렸다. 신자도 남자 친구가 많으면서 민지 남자 친구 많은 것만 흠을 잡는다.

"언니, 나 신자 땜에 못살겠어. 어제 김 사장과 독일에서 온 바이어와 사무실에서 사업 이야기를 하고 있는데, 신자 전화가 와서 끊었다. 그랬더니 자꾸 전화가 오는 거야. 할 수 없이 휴대폰을 꺼 버렸지. 오늘도 휴대폰에 진동을 해 놓고 있는데, 전화 왔기에 받았더니 무슨 짓을 하고 있었기에 자기가 전화했는데 받지 않고, 아주 꺼 버렸다고 욕을 퍼붓는데, 정말 들을 수가 없었어. 어떨 때는 진동으로 해 놔서 못 받을 때도 있지만,

내가 받지 않은 적이 없어. 사무실이라고 하면 얼른 끊어야 하는 거 아냐? 그러면 일부러 쓸데없는 소리를 길게 지껄이고 끊지 않는다. 김 사장과 사업 이야기를 하는 중이라 기다리다 김 사장은 신경질을 부리거든. 질투만 많고 남 사업하는 것까지 심술을 부리니 이제 와서 어떻게 해야 옳아? 언젠가는 전화가 왔기에 '나중에 전화 할게'했더니 우리 집에 찾아왔었나봐. 초인종을 눌러도 대답하지 않아서 그냥 갔다고 하더라구. 그때 나는 사무실에 있어서 신자가 온 줄도 몰랐는데, 집에 있으면서 문도 열어주지 않고, 모른 척했다고 지랄하더라구."

민지는 신자가 괴롭히는 것을 처음 내게 말했다. 민지는 순진하고 착해서 모든 이야기를 신자에게 말한 것이 말썽이 되었다. 자동차도 김 사장이 같이 사업을 하니까 회사 업무용으로 사준 것이라고 했다. 신자는 민지가 김 사장과 같이 사업하는 것이 부러웠는지도 모르겠다. 골치 아프겠다.

민지 어머니는 아버지가 죽고, 날마다 남편을 부르면서 울기만 했다. 어머니는 아버지만 생각하고, 배고파 우는 자식들은 보이지 않았다. 할 수 없이 민지가 밥하고 빨래하고, 아이들 보살피면서 살림을 했다. 느닷없이 당한 일이라 어떻게 해야 할지 몰라서 민지는 정신을 차려야 했다. 삼촌들이 먹을 것을 갖다 주고 보살펴 주더니, 언젠가부터 삼촌들이 찾아오지 않고, 먹을 것을 갖다 주지 않고, 돈도 주지 않았다. 민지는 먹고 살 수가 없었다. 쌀이 떨어졌는데, 삼촌들이 갖다 주려니 하고 기다려도 삼촌들이 오지 않았다. 할 수 없이 민지가 큰삼촌네 집으로 갔더니 삼촌과 숙모가 싸늘했다.

"왜 왔니?"

"삼촌, 쌀이 없어요."

"그래서? 우리더러 어떡하라고? 지금까지 도와주었으면 됐지. 삼촌이 언제까지 도와줄 수는 없지. 나도 힘들다. 이젠 니가 알아서 살아라. 삼촌에게 오지 말고."

청천벽력 같은 소리였다. 어머니가 정신이 있으면 이런 일이 없을 텐데, 어머니가 미쳐 버렸으니 민지는 당장 먹고 살 수 없는 형편이었다. 동생들은 밥 달라고 울고, 민지는 울고만 있을 수 없었다.

"누나 배고파. 엉엉…"

"나도 배고파. 이 새끼야. 누나더러 어쩌라구? 누나, 우리 이렇게 죽는 거야?"

두 동생이 울면서 배고프다고 했다. 미치겠다. 둘째삼촌네 갔더니 거기도 마찬가지였다. 할 수 없이 옆집 할머니 댁에 가서 쌀 좀 꾸어달라고 했다.

"꾸어주면 언제 갚게? 어머니는 그렇게 울기만 하고 있니?"
"제가 어떻게 해서라도 꼭 갚아드릴게요."
"그래, 니가 불쌍하다. 이번만 꾸어줄게. 이제 나도 계속 꾸어줄 수가 없구나."

그렇게 이집 저집 꾸어다가 며칠 먹을 것을 만들어 놨다. 그리고 큰동생에게 누나가 돈 벌어 올 테니까 먹을 것이 없으면 삼촌네 집으로 가라고 했다. 어린 동생들은 아무것도 할 줄 모르지만, 그냥 앉아서 죽을 수는 없었다. 큰동생이 울었다.

"누나조차 우리 버리고 떠나면 우리는 꼼짝없이 굶어죽겠다."

"죽으면 안 돼. 어떻게라도 내가 너희들 굶어죽지 않게 할 거야. 그때까지 참아."

민지 네는 논과 밭이 있었는데, 어떻게 되었는지 어머니가 저렇게 되었으니 알 수가 없었다. 아무것도 모르는 민지는 굶어 죽을 수는 없어 무작정 서울로 와서 식모살이를 하고, 버는 돈은 한 푼도 쓰지 않고 동생들에게 쌀을 사 주고 먹이고 가르쳤다. 하루 종일 일하고 주인아줌마에게 욕을 먹고 너무 힘들었지만, 동생들이 울고만 있을까? 굶지나 않나? 하고 밤에는 울며 살았다. 조금 나이를 먹으면서 식모살이로는 돈이 부족해 공장에 들어갔다. 공장에 들어갔을 때는 돈을 더 벌려고 야근도 남보다 더 많이 했다. 동생들이 다행히 공부를 잘해서 가르치면서도 고맙기만 했다. 동생들을 가르치느라고 민지는 잠을 못 자고 돈을 벌어서 제대로 먹지도 못하고 입지도 못했다. 동생들이 자라서 직장에 취직하고 결혼했다. 두 동생을 결혼시키면서 조그만 방을 얻어 주고, 간단한 살림살이를 사 주었다.

"누나 고마워. 우리는 누나 덕분에 죽지 않고 살았어. 누나가 결혼하면 잘 할게."

"고맙다. 꼭 잘살아라."

결혼하기 전에 동생들이 누나가 없으면 자기들은 살 수 없었다고, 돈 많이 벌어서 은혜를 갚는다고 했다. 꼭 보답을 원하지는 안 했지만, 동생들이 누나를 생각하는 마음이 고맙기만 했다. 동생들을 다 결혼시키고 마지막으로 민지도 결혼했다. 동생들이 결혼하기 전부터 민지를 좋아하는 사람이 있었다. 동생들을 가르치고 결혼을 시키기 전에는 민지가 먼저 결혼하지 않겠다고 마음먹었다. 남자는 좋은 사람이었지만, 시부모를 모셔야 했기에 동생들을 버릴 수 없어 사랑하는 남자를 버렸다. 독한 마음으로 남자를 버리고 밤마다 잠을 못 잤다. 사랑하는 사람을 잡지 못하고 속이 상해서 동생들 결혼시키고 혼자 살려고 했는데, 다행히 민지를 좋아하는 남자가 생겨서 결혼했다. 이제 남편과 행복하게 살겠다고 마음먹고 알뜰살뜰 살림을 했다.

돈 모아서 자식들 잘 키우고 남편과 늙어서 행복하게 살려고 꿈을 키웠다. 남편은 젊음을 즐기면서 살아야 한다고 민지가 알뜰하게 사는 것을 이해하지 못했다. 민지는 어렸을 때, 서울에 와서 많은 고생을 했다. 늦게 결혼했지만, 외로웠던 지난날을 잊고 남편에게 기대어 옛날을 잊고 잘 살아보려고 했다. 아이들 낳고 근심 걱정 없이 집안 살림만 했다. 민지는 이제 악몽 같은 지난날을 잊고 살 줄 알았다.

또다시 슬픔이 다가올 줄은 몰랐다. 남편이 그렇게 일찍 죽을 줄은 몰랐다. 불쌍한 어머니가 생각났다. 남편만 믿고 살다가 남편이 죽고 아이들을 혼자 맡게 되니, 오랜만에 행복한 삶을 살려고 계획했던 것이 무너지고 의지 할곳이 없어졌다. 그럴 줄 알았으면 돈 모은다고 아등바등하지 말고, 둘이서 여행도 다니고 남편에게 잘 해줄 것을 후회했다. 남편이 배가 아프다고 해서 별 것 아니겠지 했는데, 낫지 않아 정밀 검사를 받았더니 췌장암 말기라고 했다. 병원비도 만만치 않았다. 열심히 아끼고 쓰지 않고 모아놓은 돈은 2년 동안 병원비와 생활비로 다 쓰고, 남편은 못 돌아올 곳으로 갔다. 동생들은 남편이 죽고 나니 도와 달라고 할까봐 그랬는지, 전화도 하지 않고 민지가 전화를 해도 받지 않았다. 삼촌들 생각이 났다. 내 신세가 왜 이러냐고 푸념만 하고 있을 여유가 없었다. 당장 불쌍한 어린 자식들이 보였다. 어머니처럼 남편 없는 몸이 되었다. 어머니처럼 남편만 생각하다가는 자식들이 자기 신세처럼 될 것이었다. 생각만 해도 어린 시절이 끔찍했다. 그때 먹을 것은 없는데, 어머니는 아버지 사진만 붙들고 울다가 쓰러지고를 반복하다가 결국 밥도 먹지 않고 누워 버렸다. 어린 민지는 배고프다고 우는 동생들을 위해서 거지처럼 남의 집에서 쌀을 얻어오고 밥을 얻어다 먹이다 못해서 우는 동생들을 팽개치고 서울로 올라왔다. 잘못 생각하면 자식들이 그 지경이 될 판이었다. 민지는 독하게 마음먹고 울지 않았다. 울고 있을 여유조차 없었다.

재혼하라고 권하는 사람들도 있고, 자식들에게 잘 해 줄 테니 같이 살자는 홀아비도 있었다. 민지는 자식들이 우는 꼴을 볼 수 없었다. 남편 없이 살아가려니 어려운 점이 참 많았지만, 자기처럼 서러움을 대 물리지 않기 위해서 재혼도 않고 지금까지 살고 있다. 돈을 벌려고 여기저기 알아봤지만 신통한 곳이 없었다. 다행히 한 동네 사는 아줌마가 보험설계사를 하라고 권해 주었다. 처음에는 아는 사람을 찾아갔지만 반갑게 보험을 들어주는 사람은 흔하지 않았다. 보험 소리만 해도 고개를 돌렸다. 또 다시 어린 시절에서처럼 막막했다. 넉살좋은 성격도 못 되지만, 살기 위해서 아무 집이나 가서 초인종을 눌렀지만 문도 열어주지 않았다. 사무실을 찾아갔지만, 거지 취급만 당하고 장난스런 소리만 했다. 하루 종일 돌아다니다 보니 밤에는 너무 힘들어 앓는 소리를 하게 되었다. 발은 퉁퉁 부었다. 찬물에 담그고 마사지를 했다. 그래도 이튿날 일어나 다시 나갔다. 아이들은 민지가 죽을까 봐 놀라는 것을 보고, 아이들 보는 데서는 웃는 얼굴을 하고 앓는 소리를 하지 않고 입술을 꾹 다물었다. 결국 안 해본 것 없이 닥치는 대로 돈이 되는 일은 다 했다. 식당에서 설거지도 하고, 김밥 집에 가서 김밥도 말아봤다. 남편 없이 여자 혼자 사는 것이 쉬운 일이 아니었다. 답답하고 막막했지만, 동생들마저 돈 달라고 할까봐 그러는지 연락을 끊었다.

"여보세요?"

"어, 누나 왜? 나 지금 바빠, 나중에 전화할게?"

전화한다던 동생은 연락이 없었다. 기다리다가 할 수 없이 전화하면, 언제나 똑같은 말을 했다. 간신히 통화했다.

"누나, 힘들지? 내가 요새 일이 잘 풀리지 않아서 돈 때문에 안 사람과 싸워서 골치 아픈 일이 있어서, 미안해. 누나 내가 잘 되면 누나 도울게."

큰동생이나 작은동생이나, 둘이 짰는지 똑같은 소리를 했다. 아버지와 어머니 제삿날에 고기 사가지고 가면, 올케는 굉장히 잘 차리지도 않으면서 제사 지낸다고 요공만 했다. 이제는 부모님 제사에도 가고 싶지 않다. 동생들은 아주 잘살고 있다. 비싼 아파트에서 휘황 찬란하게 꾸미고 살면서 대출 받아서 빚이 많다고 했다. 아파트 살 때도 보태달라고 할까봐 그랬는지, 민지에게 말하지 않았다. 올케들이 민지를 얕보는 것을 느꼈다. 민지는 동생들이 잘 사는 것이 고마웠다.

남편 없이 산다고 깔보는 사람도 있었다. 아이들도 아버지가 없어 서러움을 당했지만, 민지에게 말하지 않고 참는 것을 알았다. 하루는 나갔다가 집에 들어갔더니, 큰아이가 이불을 뒤집어쓰고 울고 있었다. 가슴이 철렁 내려앉았다.

"왜 무슨 일이 있었니?"

"아무것도 아니야."

"속상한 일이 있었구나?"

"엄마, 내가 커서 돈 많이 벌어서 엄마 돈 없어 억울한 소리 안 듣게 할게."

큰아이는 입이 무겁고 마음이 넓었다. 얼마나 힘들었으면 혼자 울고 있었을까. 그럴수록 민지는 독하게 마음먹었다. 몰래 운 적도 많았지만, 자식들 보는 앞에서는 언제나 씩씩했다. 아이들은 민지가 고생하는 것을 알고, 속 썩이지 않고 열심히 공부했다. 졸업하고 취직도 잘했다. 얼마 전부터 민지는 남편 친구인 김 사장이 사업을 도와 달라고 해서 회사에 나가고 있다. 지금은 예금한 것도 있고 보험 들은 것도 있고, 회사도 잘 되어 먹고 사는 것은 걱정이 되지 않지만, 마음이 허전했다. 김 사장은 자기와 재혼하자고 하지만 남편 친구와 살고 싶지는 않다. 민지는 책을 사다가 공부해서 중졸과 고졸 검정고시에 합격했다. 다시 방통대에 들어갔지만 힘들어서 졸업은 못했다. 지금까지 살아온 인생이 억울하고 누구에게 기댈 데도 없어 우울증이 생길 것 같았다. 시장에 갔다가 초등학교 친구 신자를 만나서 반가웠다. 민지는 외로워서 신자에게 이런 말, 저런 말, 다 말하고 살았다. 친구를 잘 만났다고 생각했는데 갈수록 트집을 잡았다. 나이 먹어 친구에게나 마음을 풀면서 살려고 했더니 친구도 다 소용 없었다. 심심풀이로 소설공부가 하고 싶어 문화원에 등록 했다고 말했다.

그렇게 민지는 한 많은 자기 이야기를 털어놨다. 인이는 민지가 불쌍해서 이야기를 들어주기만 했다. 문화원 소설반에는 방학이라고 강사님이 해외에 여행을 다녀온다고 했다. 그날 이후로 무슨 일이 있는지 한동안 민지도 신자도 전화가 없어 궁금했다. 문화원이 개학하고도 민지도, 신자도, 그 남자도 나오지 않았다. 인이만 따돌림을 당하는 것 같이 궁금하고 답답했다. 전화 한 번 해 볼까? 둘이 싸웠다고 할까봐 겁이 나서 며칠만 참아 보자고 기다렸다.

　초대장이 왔다. 민지가 장편소설을 써서 출판기념회를 한다는 초대장이다. 장소가 알아주는 ㅇㅇ호텔이다. 소설 쓰느라고 연락하지 않았구나. 그런 줄도 모르고 공연히 오해 하고 걱정을 했다. 신자에게 전화할까, 하다가 호텔에 가서 만나야지 하고 참았다. 민지에게는 축하한다고 카톡을 보냈다. 민지는 고맙다고 오늘 만나자고만 하고 별다른 답변이 없었다. 기분 좋은 마음으로 축하해 주기 위해서 출판기념회에 늦지 않게 도착했다. 꽃다발을 살까, 하다가 화분을 하나 호텔로 미리 보냈다. 사람들은 많은데 민지가 보이지 않았다. 이리 저리 둘러봤지만, 신자도 보이지 않았고, 그 남자도 보이지 않았다. 인이는 아는 사람이 없어서 모르는 사람 옆에 앉았다. 문화원 사람은 초대하지 않은 것 같았다. 홀은 굉장히 화려했고, 음식도 비싼 요리였다. 사람들이 출판기념회에서 결혼식을 한다고 수군거렸다. 인이는 영문을 모르고 누가 민지 출판기념회에서 결혼식을 한다는 것인가, 민지의 아들이 결혼하는 것인가? '어, 민지 아들과 딸은 결혼해서 잘산다고 민지가 손주 자랑도 했는데…'다시 봐도 장편소설 출간한다는 초대장이었다. 저쪽에 그 남자의 친구가 보이는데 신자는 보이지 않았다. 좌석마다 민지의 장편소설이 한

권씩 놓여 있다. 앞표지가 참 예쁘다. 누구에게 물어보고 싶지만, 그냥 기다렸다. 팡파르가 울리고 둥그렇게 앉은 좌중 앞에 소설반 그 남자가 까만 정장을 하고, 하얀 드레스를 입은 민지와 두 손을 잡고 섰다. 참 아름답고 아주 잘 어울린다.

"우리 두 사람이 마음 맞아 결혼하기로 했으니 축하해 주십시오."

인이는 손바닥이 아프도록 손뼉을 쳤다.

설
날

설날

베란다에서 창밖을 내다보니 고운 옷을 입은 아이들과 선물 보따리를 들고 지나가는 사람들이 보인다. 은수는 어제 이것저 것 먹을 것을 많이 만들어 놓고 현관문만 바라보고 기다렸지만, 강아지 새끼 한 마리 들어오지 않는다. 한 보따리씩 싸주려고 전을 많이 부쳤다. 만두도 많이 빚었다. 손주들이 굴 떡국을 좋아해서 굴도 많이 샀다. 아들네들이 오지 않을 것이면, 남편이 좋아하는 호박전과 동태전만 하면 되는데, 비싼 굴전도 하고, 연근과 배추전, 고구마전, 표고버섯과 꽂이산적도 하고, 손주들이 좋아하는 약밥도 쪘다. 배추 겉절이도 하고 물김치도 담갔다. 아들과 며느리도 내가 한 김치를 잘 먹어서 한 통씩 담아놓고, 도라지와 더덕무침도 락앤락 용기에 한가득씩 담아 놨다. 은수는 자신이 만든 음식을 손주들 입에 들어가는 것이 바라보기만 해도 좋았다. 은수는 손주들만 생각하면 항상 가슴이 뿌듯하다. 요즘 들어 은수는 손주들이 무척 보고 싶다. 목소리라도 듣고 싶다. '할머니…'하고 달려오면 꼭 껴안아 봤으면 좋겠다. 외손주까지 합치면 다섯 명이다. 둘은 낳아야 하는데 작은아들이 하나만 낳았다.

백년은 살 것 같던 남편이 아직 젊다고 생각했는데, 이렇게 일찍 쓰러지리라고는 꿈에도 생각하지 못했다. 은수는 남편이 주는 돈으로 살림만 했다. 은행에 다니던 남편이 얼마를 버는지, 얼마를 저축했는지 은수는 알지 못했다. 은수는 생활비를 받아서 살림만 하면 되었다. 필요한 것이 있으면 그때마다 더 달라고 말했다. 남편이 병이 나면서 병원에 입원했을 때, 걱정이 되어 물어봤다.

"당신, 돈이 얼마나 있어요?"

"새삼스럽게 그런 것은 왜 물어봐?"

"그냥….'

"퇴원하고 말해 줄게."

"내가 알면 안돼요?"

"왜? 내가 금방 죽기라도 한대?"

"무슨 소리를 그렇게 해요. 그럼 나는 어떻게 하라고, 큰일 날 소리를 하네요."

"그럼, 가만히 있어, 어련히 알아서 할까봐."

더 말을 했다가는 남편이 화를 낼까봐, 은수는 더 이상 말하지 못하고 참았다. 남편이 죽기 전에 좋건, 나쁘건 55년 동안 자식 낳고 살아온 정이 있는데, 아내인 은수가 죽기 전까지 살아갈 돈은 어련히 알아서 챙겨줄 것인데, 공연한 걱정을 한다고 마음먹으면서 남편을 믿었다.

은수네 집은, 시골이지만 못사는 집이 아니었다. 남들이 부자라고 했다. 그러나 아버지는 오빠와 남동생은 대학교까지 가르치고, 딸인 은수는 초등학교에도 보내지 않았다. 여자가 글을 알면 건방져서 시집살이를 제대로 못한다고 학교에 보내지 않았다. 어머니와 살 때는 어머니의 심부름을 하고, 바느질하고 수놓는 것을 배우고, 집에서 놀다가 작은어머니 집에 가서 살았다. 스물한 살이 되었을 때, 상업학교 나와서 은행에 다니는 네 살이 많은 총각에게 시집갔다. 어른들이 이미 다 승낙한 터이라 좋다 나쁘다 소리도 못했다.

고향을 떠나 서울에 와서 살림을 시작하면서 남편이 주는 돈으로 살림을 시작했지만 첫아이를 가졌을 때, 사야 할 것이 많았다.

"돈 좀 줘요."

"내가 준 돈 다 썼어?"

"아기 이불, 옷, 기저귀 감도 사야 하잖아요."

"아기도 낳기 전에 벌써 그런 것을 사나?"

남편은 아무것도 몰라서 답답했다. 살 것은 많은데, 돈을 타 쓰려면 일일이 설명을 해야 했다. 아기를 낳고 나니 씀씀이가 더 많아져서 돈 타 쓰기가 점점 힘들었다. 시집 식구들에게는 돈을 많이 주는 것 같았다. 남편은 동생과 조카들이 오면 돈을 후하게 주니까 모두들 남편을 좋아했다. 은수를 좋아하는 사람은 없었다.

"너처럼 복 많은 여자가 어디 있니? 돈 걱정을 하나, 남편이 속을 썩이나, 세상에 부러울 것 없지."

시어머니가 하는 소리였다.

"형님은 정말 무슨 걱정이 있겠어요. 부러워 죽겠어요."

동서도 은수가 제일 부럽다고 했다. 그러나 은수는 마음대로 돈을 써 본 적이 없었다. 친정에 갈 때도 은수는 마음대로 무엇을 사가지고 간 적이 없다. 친정 식구들도 남편에게만 반갑다 했다. 은수는 남편에게 붙어 다니는 별 볼일 없는 손수건 같은 존재였다. 은수는 마음대로 할 수 있는 것이 아무것도 없었다.

그렇게 살면서도 아들 둘과 딸 하나를 낳았다. 자식들이 커가면서 등록금이나 학용품도 남편이 주어서 은수는 얼마나 들어가는 줄을 몰랐다. 어떤 때는, 자식들이 급하게 돈 쓸 일이 생기면 은수가 반찬 사고 남은 돈으로 챙겨주기는 하지만, 목돈을 줄 형편은 아니었다. 그러다 보니 자식들도 엄마에게는 돈 달라고 말하지 않았다. 자식들이 자라면서 집을 사고 나니, 시집 조카들이 은수네 집으로 왔다. 도시락을 많이 싸게 되니 반찬값도 많이 들어 남편에게 돈 달라고 말하면, 왜 그 돈이 부족하냐고 따졌다. 조카들에게 잘하라고 하면서 은수에게는 너무 인색했다. 어떤 때는, 조카들이 은수에게 용돈을 달라고 매달렸는데, 줄 돈이 없었다. 은수는 큰엄마가 돈 주었다는 소리를 듣고 싶은데 답답하기만 했다.

"큰아버지에게 달라고 해라."

"큰아버지에게 달라고 할 수 없으니 그렇지요. 큰엄마는 부자면서 그것도 못 주나요? 너무 하네요."

조카는 은수에게 삐져서 말을 하지 않기도 했다. 내 새끼도 못 주는데 조카까지 사람 속을 뒤집어 놓는다 싶어 은수는 속이 상했다. 남편도 가정부를 부리는 것쯤으로 아는 것 같았다. 물론 은수도 큰엄마가 조카들 데리고 있는 것은 당연한 것으로 생각했지만, 돈 안 준다고 조카들에게 안 좋은 소리까지 듣다

설날 97

보니 속이 상했다. 그 뒤로 조카가 뭐라고 했는지 시집에 갔더니 시집식구들이 은수를 나쁜 사람으로 보는 것 같았다.

"조카들 데리고 있다고 너무 유세 떨지 마라."

"네? 무슨 유세를 떨어요?"

"그러는 것 아니다. 그 애들도 공짜로 먹는 것이 아니다. 쌀도 실컷 먹을 만큼 보냈고, 잡곡과 고추나 양념들을 넉넉히 보내고 있다. 그것이 아니더라도 큰어미가 되어서 조카들 밥해주는 것은 당연한 것 아니냐?"

시어머니가 은수를 나무랐다. 조카들에게 밥해주고 빨래 해준 공은 없었다. 고맙다거나 수고했다는 사람도 없었다.

"제가 뭘 잘못했나요?"

"시어미에게 말버릇이 그게 뭐야? 버르장머리 없이."

남편이 은수에게 험악한 눈으로 바라봤다. 대꾸도 못하고 밖으로 나갔다.

"무식한 것들은 어디 가도 티가 난다니까."

"어머니가 허락했잖아요?"

"누가 저렇게 무식한 줄 알았냐? 저래 가지고 자식들은 어떻게 가르친다니? 한심스럽다."

"걱정 마세요. 자식들은 제 어미 닮지 않아서 공부 잘해요."

이 노릇을 어찌해야 옳으냐. 가슴이 찢어지는 것 같이 아팠다. 눈물이 쏟아졌다. 은수는 아버지가 시집만 잘 가면 된다고, 학교를 보내지 않고는 시집 잘 갔다고 하더니, 무식해서 이렇게 당하고 살고 있지 않은가. 은수의 남자 동기간들은 대학교 나오고, 대학교 나온 여자들과 연애해서 잘 살고 있다. 친정에 가도 올케들까지 저희끼리 말하고, 말이 통하지 않는 은수에게는 인사만 하고 말하지 않았다. 두 올케가 은수가 알아듣지 못하는 말들을 자주 했다.

"그게 무언데?"

"예, 형님은 몰라요."

"애기씨는 몰라도 돼요."

은수는 왜 몰라도 되는 건지 알지 못했다. 시집을 가나, 친정에 가나 따돌림을 당하고 남편조차 은수에게는 가정부 정도로 대우해 주었다.

"여보, 인터넷이 뭐야?"

"그런 게 있어. 당신은 들어도 몰라."

할 수 없이 아들에게 물어봤다. 아들이 은수 얼굴을 쳐다보고 말했다.

"엄마 인터넷 하게?"

"어떻게 하는 건데?"

"엄마는 어려워. 지금까지 잘 살았잖아. 그냥 살아요."

자식들이 공부 잘해서 좋은 대학을 졸업하고, 큰아들은 검사가 되고, 딸은 중학교 선생님이 되고, 작은아들은 은행에서 부장이라고 했다. 큰며느리는 변호사고, 사위도 고등학교 선생님이고, 작은며느리도 은행에 다녀서 다들 잘 살아 아무 걱정이 없다. 조카들도 은수네 집에서 살다가 대학 졸업하고 취직해서 떠났다. 은수가 할 줄 아는 것은 음식 만드는 기술뿐이다. 봄이면 된장 담그고, 고추장 담가서 아들네도 주고, 딸네도 주었다. 그리고 자주 배추김치, 총각김치, 고들빼기김치, 갓김치, 여러 가지 김치를 담가서 나눠 주었다. 마늘장아찌, 우엉장아찌, 곰치장아찌와 젓갈도 골고루 담가서 자식들을 주었다. 자식들이 은수가 담근 김치와 음식을 좋아해서 그것으로 위안을 삼고 살았다. 더럽다고 할까봐 씻고, 또 씻고, 옷도 깨끗한 옷으로 갈아입고 머리카락이 빠질까봐 한여름에도 땀을 흘리면서 수건으로 머리를 감싸고 음식을 했다. 은수가 깔끔하게 하는 것을 자식들이 인정하도록 믿게 했다. 자식들이 명절이나 생일에 오면, 당연히 한 보따리씩 싸가는 것으로 알았다. 은수는 자식들이 바리바리 들고 가는 것을 보면 사는 보람이 있었다.

　동네 여자들과 어울리지도 않았다. 남편이 여자들과 어울리면 쓸데없는 수다만 떤다고 해서 시장에 물건 사러 가서 만나는 이외는 누구도 만나지 않았다. 오직, 반찬 만드는 일 아니면 쓸고, 닦고, 빨래하는 일만 하고 살았다. 그래도 자식들 등록금이 없어 빚 얻으러 다니지 않고, 쌀 걱정이나 생활비 걱정 않고 살고 있으니 참 행복한 여자라고 스스로 생각하면서 살았다. 재미없고 무뚝뚝한 남편이지만, 가정만 생각하는 남편이라고 믿었다. 그렇게 믿었던 남편이 외국 출장 갔다 왔는데, 호주머니에 반지곽이 있는 것을 봤다. 은수는 남편이 고마워서 눈물이 나왔다. 언제 주려나? 주면, 뭐라고 하고 받을까? 생각하고 기다리는데 남편이 반지를 주지 않고 이틀이 지나고 반지곽이 없어졌다. 어디에 잘 두었겠지 했지만 며칠이 지나도 말이 없었다.

"여보, 외국 갔다 왔으면서 내게 선물도 안 사왔어요?"

"무슨 선물? 돈 없어서 그냥 왔어."

"그럼, 호주머니에 있던 그 반지는 누구 거예요?"

"뭐? 이 여자가, 왜 남편 호주머니를 뒤져. 재수 없이."

남편은 깜짝 놀라더니 성질을 내었다.

"옷을 다리다가 봤지요. 왜, 내가 알면 안 돼요?"

"친구가 사다 달라고 해서."

"그 친구 부인은 좋겠다. 나도 사다 주지?"

"내가 그런 돈이 어디 있어."

아무것도 아닌 것 가지고 남편을 의심한다는 투로 짜증냈다.

은수는 내가 공연히 착한 남편에게 욕심을 부리나 보다 하면서도 자꾸만 반지에 신경이 쓰였다. 누구를 사다 주었을까? 마음속이 개운하지 않았지만 그냥 넘어갔다. 남편은 늦게 와도 왜 늦게 왔는지, 자고 들어와도 아무 일 없는 사람 같았다. 핑계도 많았다. 결혼식에 갔었다고 하기도 하고, 친구 부모 환갑잔치에 갔었다고 하기도 했다. 자고 온 날은 친구 아버지 장례식에 갔다가 밤을 새고 왔다고 했다. 은수도 그렇게 믿었다.

시어머니는 시아버지가 바람을 피워 속을 무단히 썩었는데 자식만 바라보고 살았다고 했다. 시어머니가 아들은 제 아내밖에 모르는 사람이라고 했다. 그 소리를 듣고 보니 남편은 정말 은수만을 위해서 사는 사람인가 생각하게 되었지만 지난 반지 사건은 의심이 갔다.

"그런데 어머니, 그이가 외국 갔다 오면서 호주머니에 반지가 있었어요. 친구가 사다 달라고 했다고 하더라구요."

"그럴 수도 있지. 그것 가지고 너 또 바가지 긁었구나? 친구가 외국 가면 심부름도 시킬 수 있지."

"다른 사람은 반지를 사다 주면서, 저는 사다 주지 않던데요? 그리고 가정이 있는 사람이 이유 없이 자고 들어오는 것은 잘못된 것 아닌가요?"

"일이 바빠서 자고 들어올 수도 있지. 그래도 그런 사람 없다. 같이 다니기 창피해도 버리지 않고 사는 것만 해도 고마운 줄로 알아라. 다른 사람 같으면 벌써 이혼했다."

"지가 무얼 잘못했나요? 다른 여자들처럼 여행 한 번 다니지 않고, 저는 살림만 하고 살았어요."

"니가 못나서 그렇지, 왜 여행을 못 가니? 글도 모르는 사람이 어딜 가면 집이나 제대로 찾아올 수 있니? 제 주제도 모르고…."

"어머니, 너무하십니다. 그럼 저와 결혼을 시키지 말았어야지요?"

"내가 그렇게 학교 문 앞에도 못 간 줄 알았니? 지금 세상에 어떻게 초등학교도 보내지 않는 집이 있니? 기막혀서. 그래도 뻔뻔하게 할 말이 있나보다."

시부모에게 말대꾸 한마디 하지 않고, 시키는 대로 일을 했기에 이렇게까지 말할 줄은 정말 몰랐다. 시어머니는 그 옛날에 한글을 깨우쳤다고 들었다. 어떻게 아버지는 딸을 초등학교도 못 가게 해서 이런 설움을 받게 한단 말인가. 며칠을 일이 손에 잡히지 않았다. 남편이 와이셔츠를 달라고 하는데, 미처 다리지 못했다.

"여자가 집구석에서 남편 와이셔츠도 챙겨주지 않고, 당신 도대체 뭐하는 여자야? 무엇 하나 제재로 하는 것이 없어…."

"몸이 안 좋아서 와이셔츠 한 번 못 다린 것이 그렇게 죽을죄를 졌나요?"

"이 여자가 뭘 잘했다고 꼬박꼬박 대꾸하나?"

억울하고 서러웠다. 내가 누구를 위해서 살고 있나? 회의가 왔다. 며칠을 아무것도 하지 않고 누워 있었다. 그랬더니 남편은 아예 들어오지 않았다. 아이들도 집에 들어오면 무엇을 어떻게 먹는지, 저희들 방으로 들어가지 않으면 도서관으로 가고, 은수에게 관심을 갖는 사람은 없었다.

"아프면 병원에 가든지 해야지. 누워 있기만 하면 되나?"

남편은 물 한 모금 끓여주지도 않으면서 성질을 부렸다. 간신히 일어나 밥을 했다. 며칠 만에 들어온 남편은 팬티를 새것으로 갈아입고 왔다. 그런데 남편이 병원에 갔다 왔는지 비뇨기과 약봉지가 있었다.

"어디 아파요?"

"알거 없고, 당신이나 병원 갔다 와."

돈을 은수 앞에 던져 주었다.

"팬티가 새것이네요?"

"더러워서 새로 샀어."

"입던 것은 어쩌구요?"

"아프다길래 버렸지. 왜?"

남편은 신경질을 부렸다. 언제부터 은수 생각을 그렇게 해 주었나? 남편은 지금까지 양말 한 짝 자기 손으로 사온 적이 없었다.

젊은 첩을 얻어 살면서 아버지는 자주 집에 들어오지 않았다. 어머니는 그러려니 하고 살았다. 아버지는 집에 들어오면 공연히 어머니에게 트집 잡아서 어머니를 괴롭혔다. 어머니는 아버지가 오는 것을 반가워하지 않았다.

은수가 열한 살이 되면서 아버지가 사는 집으로 아기를 봐주러 갔다. 아기의 똥 빨래와 청소를 하고, 밥도 하고 집안 살림을 다했다. 그 여자에게 작은어머니라고 불렀다. 작은어머니는 아기 젖 먹이고는 '아이구 힘들어.'하고는 누워 버렸다. 아버지가 들어오기 전에 예쁘게 화장하고, 아버지가 들어오면 갖은 아양을 떨었다. 아기는 은수가 업어서 달래고, 아버지와 작은어머니는 방에 들어가서 킬킬 웃는 소리만 들렸다. 은수가 아기를 업고 밖에 나가면, 은수 또래 아이들이 책보를 들고 지나갔다. 그 아이들은 은수를 힐끔힐끔 쳐다보면서 호호 웃었다. 한 아이가 은수에게 가까이 오더니 물었다.

"너는, 부모가 없니? 저 집에 아기 보러 왔어?"
"아니, 아버지 집이야. 이 아이는 내 동생이야."

"그런데 왜 학교 안 다녀?"

아이들이 은수를 아기 봐주러 온 사람으로 알았다. 하기는 아기 봐주러 온 것이 맞지만 창피했다. 은수는 그 아이들이 부러웠다. 그 이후로 아이들을 슬슬 피했다. 작은어머니는 아버지가 나가면, 아기를 은수에게 맡기고, 잘 차려입고 나갔다가 와서 빨래 다하지 않았다고, 집 안 청소 깨끗이 하지 않았다고 야단쳤다. 또 아기가 울면, 아기 울린다고 작은어머니가 잔소리해서 업고 밖에 나갔다가 조금만 늦으면, 집에 들어온 아버지가 아기를 안아 주면서 어디 갔다 이제 들어오느냐고 했다.

작은어머니가 나간 동안 은수는 아기와 놀다가 작은어머니 속옷을 깜빡하고 빨지 않았다. 작은어머니가 화가 많이 났다.

"아니, 뭐하느라고 여태 빨래도 하지 않았니?"

"……"

"게을러터져 가지고, 너 같은 것은 이 세상 살 자격도 없어. 아버지가 아시면 너를 가만 두겠냐? 내가 그만큼 잘해주면 은혜를 알아야지. 은혜를 모르면 그건 사람도 아니다."

그러면서 작은어머니는 은수 뺨을 사정없이 때리고 머리채를 잡아 팽개쳤다.

"으이구, 창피해서 못 살아. 호적에 올려달라고 해도 올려주지도 않고. 지긋지긋해. 젊은 년이 첩 소리나 듣고 새끼 땜에

도망도 못 가고."

"……"

"늙은 년이 무어가 좋다고 이혼도 못해. 사랑한다고? 병신 육갑하고 있네."

그렇게 퍼붓고는 자빠져 자는지 방으로 들어가서 나오지 않았다. 아버지가 들어오니 언제 그랬냐는 듯이 생글생글 웃으면서 은수가 보거나 말거나 아버지를 껴안았다.

"여보오, 나 하루 종일 당신 보고 싶어서 언제 오시나 기다렸어."

"그랬어? 그러니까 이렇게 일찍 왔잖아."

아버지와 작은어머니는 은수가 보고 있다는 것도 개의치 않았다.

은수는 어머니가 보고 싶었지만, 집에 가면 아버지가 다시 데려올 것이기 때문에 멀리 도망가고 싶었다. 그러나 겁이 많은 은수는 아버지가 무서워서 그냥 꾹 참고 살았다. 작은어머니가 낳은 여자동생은 예쁜 옷을 입혔고 학교에도 보냈다. 은수는 동생을 학교에 데려다 주고 데려왔다.

"언니가 안 왔네?"

"너네 일하는 언니 저쪽에 있었는데."

"일하는 언니 아니야, 우리 언니야."

"그런데 왜, 학교 안 가고 일만 해?"

"우리 엄마 힘들어서 도와주러 왔어."

"거봐, 일하는 언니지."

은수는 한두 번 듣는 소리가 아니었다. 아버지는 같은데. 어머니가 다르다는 이유로 이렇게 차별 받고 살고 있나 싶어 눈물이 났다. 어머니는 왜 작은어머니처럼 예쁘고 멋지지 않은가? 오빠와 남동생은 공부 잘해서 아버지가 남들에게 자랑이 대단했다. 돈도 달라는 대로 주었다. 그러나 은수는 아버지가 무서워 돈 달라고도 하지 못하고 주지도 않았다. 어머니 만나러 갈 때만 아버지가 돈을 주었다. 그 돈으로 화장품도 사고, 옷도 사 입었다. 웬 일인지 스물한 살이 되었을 때, 어느 날 아버지가 어머니 집으로 가라고 했다. 돈도 많이 주었다.

시집을 보낸다고, 총각을 만나러 간다고 했다. 아버지와 총각 아버지와 총각이 나왔다. 점심을 같이 먹고 아버지들은 나갔다. 총각만 남았다. 은수는 무슨 말을 해야 할지 몰라 쩔쩔매다 못해 얼른 그 자리를 피하고만 싶었다.

아버지는 은수에게 총각이 어떠냐고 물어보지 않았다. 은수도 아버지가 하라는 대로만 했다. 혼수도 은수가 원하는 것을 물어보지도 않고 해 주는 대로 시집을 갔다. 은수가 시집을 갔더니, 작은어머니와 살 때의 지긋지긋한 삶이 아니고 남편이 아주 잘해주었다. 아기를 낳기 전까지는 꿈같은 세월이었다. 천국에 온 것 같았다. 은수가 첫아기를 낳았다. 이 아이가 내 아이가 맞나 싶을 정도로 예뻤다. 남편도 아기를 예뻐했다. 아기를 키우면서 사는 재미를 알았다. 아기가 얼마나 예쁜지 내가 이렇게 예쁜 아기를 낳았을까? 의심이 되기도 했다. 하기는 사람들이 은수가 결혼할 때, 신부 예쁘다고 칭찬했다. 아기가 자라는 것을 보면서 참 신기하기도 했다. 은수가 나도 저렇게 귀여웠을까, 생각해 봤다. 은수는 자신을 끔찍하게 예뻐했던 기억이 없다. 결혼하고 처음에는 남편이 잘 해주었다. 임신했다고 먹을 것도 잘 사다 주었다. 마냥 행복했다. 그 행복이 얼마가지 않아 은수가 글을 모르고 학교를 다니지 않았다는 것이 탄로 나면서, 남편의 마음이 변하기 시작했다. 남편은 은수에게 잘했다고 하거나 고맙다고 하는 말을 하지 않았다. 남편이 얼마나 쌀쌀맞게 구는지 은수는 못 배운 것이 한이 되었다. 매번 무엇을 물어보면, 그것도 모르느냐는 표정이었다.

"무식하기는. 그렇게 하고 어떻게 지금까지 살았담."

"……."

"그러구서 누구 신세 망치려고 시집갈 생각을 했대?"

"……."

"얼마나 미련하면 초등학교도 가르칠 생각을 않았을까?"

부부동반 모임이 있다고 나가는 날도 은수를 더러운 물건 취급을 하면서 화를 내고 나갔다.

"부부동반 모임에 창피해서 같이 갈 수도 없고, 으이구 이게 무슨 팔자야."

"미안해요."

"미안하면 빨리 죽어버리든지."

이 노릇을 어찌해야 옳으냐. 죽을 수도 없고, 살아봤자, 남편의 신세를 망치는 꼴이 되었다.

아이들이 학교에서 어머니 모임이 있다고 오라고 했다. 은수도 갈까 하고 있는데 아들이 말했다.

"엄마는 오지 마. 창피해. 아파서 못 온다고 할 거야."

이제는 자식들 신세까지 망치게 되었다. 더 이상 살아봤자 가족의 걸림돌이 되고 있다. 그렇게 예쁘던 아들과 딸이 자라면서 은수를 무식해서 모자란 사람이라고 창피하게 여겼다. 결혼하고 잠깐 사람 대우를 받아봤다. 사람들이 새댁이 참 예쁘다고 해서 남편이 아주 좋아했다. 그렇지만 그것도 잠깐이었다. 왜? 이 세상에 태어나서 다른 사람을 힘들게 하고 있다는 생각이 들면 살아 있다는 것이 창피스럽기만 했다. 자식들이 결혼한다고 사돈과 상견례를 하러 갔다. 은수는 기가 죽어 고개가 절로 숙여지고, 아무 말 하지 않고 있는데, 말을 시켜서 간신히 '예' '아니오' 대답만 했다.

  자식들이 결혼하고 며느리와 사위를 얻으면서 잘해주려고 노력했다. 그러나 그들도 은수가 못 배웠다는 것을 알고는 은수에게는 모든 것을 의논하려고 하지 않았다. 자식들이 모두 결혼하고 남편과 둘이 살게 되었다. 남편이 퇴직하고 자기 취미를 찾아서 등산도 가고 외국여행을 간다고 하면서, 며칠 만에 들어오기도 했다. 은수는 일거리가 줄어들었다. 쓸고 닦고 나면 할 일이 없어 우두커니 있게 되고 심심했다. 몇 년을 그렇게 살다 보니 은수도 무엇이 하고 싶었다. 무엇을 할까? 초등교육을 가르치는 곳이 있다고 해서 남편에게 물어봤더니 나이 들어서 무슨 공부를 하냐고 핀잔을 주었다. 못 배운 것이 한이 되어 늦었지만, 한글이라도 배우고 싶어 그곳에 갔더니 은수보다 나이가 더 많은 노인들도 있었다. 은수는 그곳에서 젊은 사람이었다. 한 글자씩 배우는 것이 그렇게 좋을 수가 없었다. 자신은 미련해서 배워도 안 된다고 생각했는데, 배우면서 한 자씩 글자를 알게 되니까 사는 재미가 났다. 진작 이런 곳이 있는 줄을 알았으면 좋았을 것을, 몰랐던 지난 세월이 아까웠다. 지금이라도 알았다는 것이 고맙기만 했다. 온 세상이 아름답게 보이고 모든 것이 새롭고 삶의 희망이 생겼다. 거리를 지나면서 간판도 읽게 되었다. 이렇게 공부하면 대학까지도 갈 수 있다는 희망도 생겼다. 다른 사람들은 집에서 남편이 가르쳐 주었다고 자랑했다. 은수는 남편이 쳐다보고 관심도 없었다.

"쯧쯧, 이제 공부를 한다니, 돌대가리에 글이 들어가나?"

4년 동안 공부해서 초등학교 졸업장을 받았다. 열심히 공부했더니 1등을 했다. 돌대가리라고 생각했더니 배우는 대로 머리에 쏙쏙 들어갔다. 잊어버리면 밤을 새워서 꼭 외우고 알아내고야 말았다. 못 배워서 지금까지 당한 수모를 생각하면서 열심히 공부했다. 한글만 배우는 것이 아니라 영어도 배웠다. 산수는 구구단을 배우면서 신기하기도 하고 재미있었다. 선생님들이 시를 쓰라고 해서 생전에 써보고 싶던 시도 써봤다. 자식 같은 선생님들이 잘 했다고 칭찬해 주었다. 중학교 입학원서를 쓰면서 자신이 중학생이 된다는 기쁨에 은수는 잠이 오지 않았다. 은수는 그렇게 부러워했던 학생복은 입어보지 못했지만 중학생이 되었다. 중학생이 되고 보니 날아갈 것 같았다. 은수는 그렇게 어엿한 중학생이 되고, 문예반에 들어가서 시를 썼다. 내가 시를 쓰게 되다니, 은수는 생각만 해도 웃음이 절로 나왔다. 미술반에 들어가 그림도 그렸다. 문예반에서 시를 쓰는데, 선생님에게 잘 쓴다고 칭찬을 들었다. 나이 든 사람들이 다니는 다른 학교 학생들과 시를 쓰는 경연대회에 나가서 대상을 받았다. 학교 위상을 높였다고 교장선생님과 선생님들이 칭찬해 주었다. 속으로 우쭐했다.

  나도 하면 되는구나 싶었다. 집에 와서 남편에게 자랑했더니, 피식 웃기만 하고 별 반응이 없었다. 그러거나 말거나 은수는 기분 나쁘지 않았다. 졸업할 때는 중학교 교복도 입고 사진을 찍었다. 고등학교 원서도 썼다. 그런데 건강하던 남편이 기침을 자주 하고 숨이 차고 가슴이 아프다고 하더니, 폐암이라는 판단이 나왔다. 은수는 남편의 병간호를 하느라고 고등학교 진학을 그만두어야 했다. 1년 동안 병원에 다니고, 수술하고, 병원에서 6개월 동안 입원하더니 의사가 더 이상 치료할 수 없다고 선언 했다. 은수는 죽어가는 남편이 안타까워 그냥 쳐다볼 수가 없었다. 너무 불쌍해서 종교가 없던 은수는 부처님께, 하느님께 남편 살려달라고 기도했다. 매사 큰소리 땅땅 치던 남편이 병이 들어 그렇게 힘없이 눈을 감을 줄이야. 남편이 은수 앞에서 죽는다는 것은 상상조차 하지 못했다. 은수는 고등학교도 다니고, 대학도 다녀서 남편에게 자랑하고 싶었다. 시를 쓰고, 시인이 되어서 시집도 출간해서 남편과 시집 식구들에게 으스대고 싶었는데, 남편이 은수의 한을 풀어주지 못하고 은수 곁을 떠났다.

은수는 끔찍하게 남편의 사랑을 받지는 못했지만, 남편이 벌어다 주는 돈으로 살아왔기에 돈 벌 줄은 모르고 쓰는 것만 알았다. 사실은 돈을 제대로 규모 있게 쓰는 것도 몰랐다. 아들이 장례를 치르고 은수는 그냥 따라만 다녔다. 장례 비용이 얼마나 들었는지 돈을 보태주지 못해 미안해서 아들에게 물어 봤다.

"돈 많이 들었지?"

"왜요? 엄마가 돈 주실 수 있어요?"

"아니, 돈이 없어서 물어본 것이지."

사는 집이 32평짜리인데, 45평짜리 아파트가 강남에 있어서 사글세를 받는다고, 생전에 남편이 말했다. 아들에게 강남 집을 팔자고 제의했다.

"그 집은 벌써 팔았어요."

"언제?"

"작년에요."

남편은 은수에게 말하지 않고, 아들에게만 말하고 그 집을 판 모양이었다. 아들들이 장례 치르고 아파트 문 앞까지 와서 은수를 내려주고 갔다.

"잘 잡숫고 건강하세요. 언제 또 올게요."

그러나 아들과 며느리는 1년이 되었지만, 전화 한 통 없었다. 제삿날이 되었건만, 아무 소식이 없었다. 은수는 할 수 없이 고기를 사고 동태전과 호박전과 과일을 사서 한 상 차려놓고 기다렸지만 아무도 오지 않았다.

"여보, 아무도 오지 않네요. 당신이 내게 돈을 주지 않았지만 그래도 많이 차렸네요. 당신이 좋아하는 소고기도 사고, 배도 제일 큰 것으로 샀어요. 그리고 당신이 곶감을 좋아하셔서 곶감을 제일 비싼 것으로 샀어요. 나 같은 것 버리지 않고 사느라고 당신 고생하셨어요. 고마워요. 거기서는 많이 배운 여자와 잘 살아봐요. 나는 다시는 당신 옆에 가서 귀찮게 굴지 않을 게요."

눈물이 나왔다. 전에는 아들들에게 김치와 된장, 고추장과 별의별 것을 다 담가 주었다. 재작년과 작년에는 남편 병간호 하느라고 못 해주었다. 이제는 돈이 없어 된장과 김치를 담가 주지 못했다. 남편이 살아 있을 때, 딸에게 2억인지 3억인지 주었다고 했다. 딸이 달마다 40만원씩 은행으로 넣어주고 있다. 강남 집은 30억인지 얼마를 받았다고 하고, 현금은 작은아들 은행에 있었다는데, 은수에게 말해주지 않았으니 얼마가 있었는지 알지 못했다. 은수에게 물려 준 것은 살고 있는 집 한 채 뿐이다. 남편의 책상 서랍에서 현금이 조금 나와서 당장 쓸 돈은 있었다. 남들은 직장에 오래 다니면 연금이 있다는데, 남편은 퇴직할 때 일시금으로 받아서 연금도 없다. 큰며느리가 이 집도 시아버지가 장만한 집이니까 팔아야 한다고 했다.

은수가 이 집은 내가 죽을 때까지 살아야 한다고 했다. 은수는 딸이 부쳐주는 40만원과 정부에서 기초연금 30만원을 주어서 그것으로 살고 있다. 또 구청에서 나이 먹은 사람들에게 골목 청소를 하면 돈을 주어서 살림에 보탰다. 그것도 신청하는 사람이 많아서 간신히 할 수 있었다. 주민센터에 신청하고, 심사를 거쳐서 되었다. 그거나마 아주 추울 때는 하지 못했다. 그래도 일하는 동안은 27만원을 받아 많은 보탬이 되었다. 전기도 아끼고, 추우면 이불을 덮어쓰고 찬 음식도 덮이지 않고 그냥 먹고, 가스도 최소한으로 줄여서 돈을 아꼈다. 많이 아프지 않으면 병원도 가지 않고 약도 사 먹지 않았다. 그런데 요즘은 허리도 아프고 다리도 아프다. 옷도 입던 옷만 입고 사 입지 않았다. 먹는 것도 가을에 담근 김치와 밥만 해 먹고 시장에는 아예 가지 않았다. 냉장고도 꺼버리고 김치냉장고만 가동했다.

남편의 제삿날, 아무도 오지 않았기에 그 뒤로 굶어죽어도 연락하지 않기로 마음먹었다. 그렇지만 설날에는 올 것이라고 기대했다. 은수는 설날 손주들이 오면 세뱃돈을 주려고, 은행에 가서 5만 원짜리를 새 돈으로 바꿔놓고 기다렸다. 우리 손주들이 이제 몇 살이지? 많이 컸겠다. 보고 싶다. 은수는 눈물이 나왔다. 설날에 울면 안 되지 하면서 억지로 피식 웃었다.
 '얼레 나 좀 봐? 울다 웃으면 배꼽에 털 난다는데.'
 은수는 베란다에 나가서 밖을 내다봤다. 아이들이 고운 옷을 입고 제 엄마, 아빠 손잡고 나들이 가는 모습이 눈에 들어왔다. 은수 손에는 빳빳한 새 돈이 손자들을 기다리고 있었다.

껍데기

껍데기

　엄마는 언제나 형이 먼저고 나는 그다음이었다. 나는 엄마가 나보다 형을 더 좋아해서 엄마에게 불만이 있었지만, 장남이라 더 위해 주어야 한다는 엄마의 말에 나는 매사 참아야 했다. 누나들이 오면, 엄마는 좋은 것은 다 싸 주고, 남은 것도 형을 주고, 나는 형이 먹다 남은 것을 먹었다. 옷도 나는 형이 입던 것이나 이어받아 입었다. 나는 헌옷이 입기 싫다고 했지만, 새 옷을 사주지 않았다. 명절이 되면, 나도 새 옷을 사달라고 아버지에게 졸랐더니 형이 입던 것을 입으니 좋은 옷이라고 말했다. 아버지는 형이 학용품을 사달라고 하면 금방 사다 주지만, 내가 사달라고 하면 형이 쓰던 것을 쓰라 했다. 나는 가방도, 필

통도 형이 쓰던 것을 썼다. 우리 아버지와 엄마는 큰아들과 작은아들의 차별이 너무 심했다.

아버지는 누나와 형의 아버지이고, 내 아버지가 아닌 것 같았다. 누나가 결혼하고 뒤이어 형이 결혼하면서 형이 오면 엄마는 있는 것 없는 것, 다 챙겨주고 그 다음은 아버지 주고 남은 것을 엄마와 내가 먹었다. 몇 년이 지난 뒤에 내가 결혼하고 명절이 되었는데, 엄마는 형에게 좋은 것을 다 주고 내게는 나머지 지스러기를 주었다. 아버지와 엄마는 누나들과 형만 위해 주고 나는 어디서 주워온 자식인가, 의심이 되었다. 어려서 아무도 없을 때 맛있는 것이 있으면 엄마는 먹지 않고 나만 주면서 빨리 먹으라고 했다. 비가 오거나 눈이 오는 날이면 아버지는 어디를 갔다 왔다. 엄마에게 아버지는 어디 갔느냐고 물어보면 엄마는 모른다고 했다. 아버지는 엄마에게 비밀이 많은 것 같았고, 엄마는 알려고도 하지 않았다. 음력 5월 15일이면 누나 둘과 형이 왔다. 그날은 아버지 전부인의 제삿날이라고 했다. 그분은 자식을 낳지 않았다고 했다.

엄마는 일찍 결혼해서 큰누나와 나이 차이가 열일곱 살 차이밖에 나지 않았다. 엄마가 결혼을 일찍 해서 큰누나를 낳았다고 했다. 형과 나는 세 살 차이가 나는 것을 보면 나이 차이가 많이 나는 것은 아니었다. 작은누나와 형과는 두 살 차이가 났다.

"엄마, 큰누나와 작은누나, 그리고 형과 모두 두 살 차이인데 왜 나만 형과 세 살 차이가 나요?"

"딸 둘을 낳고, 아들을 낳았으니 그만 낳으려고 했는데, 딸이 둘이라 아들도 둘을 낳고 싶어서 낳았더니 다행히 고맙게도 네가 아들이더라."

"어이쿠, 큰일 날 뻔했네."

"나는 네가 고마운 사람이지."

"엄마, 고맙습니다."

그러니 나는 까딱하면, 태어나지 못할 뻔한 아이였다. 엄마는 언제나 누나들에게 막내인 나보다 더 잘해 주었다. 엄마는 누나들이 해달라는 것은 다 해 주었다. 누나들은 일찍 도시로 나가 학교에 다녔고, 나와 형과 아버지와 엄마만 시골에서 살았다. 나는 형만 좋아하는 아버지와 엄마에게 인정을 받고 싶어 열심히 공부해서 성적이 좋았다. 누나와 형은 공부를 못했지만 엄마는 누나와 형을 한 번도 야단치지 않았다. 아버지가 형은 과외 공부도 시켰다. 아버지가 내게는 성적이 올라가거나 내려가거나 신경도 쓰지 않았다. 오직 형만 공부 잘하기를 바라는 것 같았다. 형의 통지표를 보면 엄마는 좋은 말만 했다.

"그래, 다음에 잘하면 돼. 그렇지."

형을 쓰다듬고 격려해 주었다. 그렇지만 엄마는 내게 공부하라고 야단을 쳤고, 성적이 떨어지면 형과 다르게 얼굴이 일그러졌다. 엄마는 형이 잘못한 일이 있으면 혼내주지 않고 아버지에게도 숨겨 주었다.

"엄마, 형이 나 때렸어. 이것 봐. 아파 죽겠어. 엄마, 형 좀 혼내 줘."

"니가 뭘 잘못했겠지?"

"아니야. 내가 형 친구와 말하고 있는데 형이 오더니, 너 왜 건방지게 형 친구와 놀고 있어. 그러면서 머리를 쥐어박더니 내 종아리를 발길로 찼어."

"형은 네 형이야. 네게 나쁜 생각으로 그런 것은 아닐 거야."

엄마는 언제나 형 편이었다. 아버지도 형에게만 잘하고 내게는 관심이 없는 것 같았다. 형에게는 용돈도 많이 주고, 잘못을 저질러도 야단치지 않았다. 형이 어쩌다 좋은 일을 하면, 아버지와 엄마가 엄청 칭찬했다. 내가 우등상을 타고 칭찬을 받고 싶어 한걸음에 달려와 상장을 아버지에게 보이면 시답잖게 쳐다봤다. 형이 상을 탔다면, 엄청 칭찬했을 것 같은데 내게는 형처럼 칭찬하지 않았다. 형은 상을 타 오지 못했다. 아무도 없을 때, 엄마는 나를 끌어안고 얼굴을 부비며 '정말 잘했다'고 칭찬하면서 눈물을 흘렸다. 그리고 몰래 돈을 주면서 형에게 들키지 않게 쓰라고 했다.

'이건 뭐지!' 형이 나를 미워할까봐 그런 것 같았다. 엄마가 언젠가 내게 말했다.

"엄마나 아버지가 너보다 형을 먼저 생각하는 것은, 형은 장남이라 먼저 생각하는 것이니까 서운하게 생각하지 마라. 그렇다고 너를 미워하는 것은 아니란다. 알았지?"

"알았어요."

아버지는 좋은 것만 보면, 누나 몫이라면서 아껴 두었다가 주었다. 누나들이 결혼하고, 다음에 형이 결혼하고 아버지는 또 형에게 아껴 두었던 것을 주었다. 광에 곶감이 있었는데, 내가 달라고 했더니 누나 줄 것이라고 먹지 못하게 하더니 아버지가 형에게 주었다. 밤과 호두와 대추도 크고 좋은 것은 누나 준다고 아꼈다가 주더니, 형이 결혼하고 아버지는 형이 오면 집에 있는 것은 모든 것을 다 쓸어주고 싶은 것 같은 느낌이 들었다. 엄마와 아버지는 누나와 형만 위해서 사는 것 같았다. 그랬던 아버지가 병이 났다. 재산을 나눠 주는데, 형에게는 우리 집 재산을 거의 다 주고, 나머지를 누나 둘과 내게 똑같이 나눠 준다고 했다. 엄마에게는 땅 한 뙈기도 주지 않았다. 아버지가 병이 났을 때 엄마가 정성을 다해서 간호해 드렸건만, 어떻게 엄마에게 아무것도 주지 않는 것인지 아버지의 마음을 알 수 없었다. 아버지가 죽고, 부조금 들어온 것을 엄마가 형에게 반을 주고 반은 엄마가 가졌다.

"네게 반만 줄게. 반은 내가 가져야 다음에 내가 그 사람들 일이 났을 때, 나도 갚아야 한다."

"줄 테면 다 주지, 왜 반은 엄마가 갖는대요?"

"나도 그들에게 빚 갚고 살아야 한다."

"누구는 쓸 곳이 없나?"

옥신각신했다. 그렇게 엄마가 형에게 나보다 더 잘했건만, 그것을 몰라주었다. 아버지가 눈감기 전에 누나와 형에게 말했다.

"나 죽거든 네 엄마와 같이 묻어다오."

'네 엄마? 무슨 말인지 이상했다. 아버지는 먼저 부인 곁으로 갔다. 그때 나는 아버지가 첫 부인을 많이 사랑하셨다는 사실을 알아차렸다. 자식도 낳지 못한 부인 곁으로 간다고 하는 것을 이상하기는 했지만, 눈치를 못 챘다. 나는 엄마에게 물었다.

"아버지는 자식도 낳지 못한 첫 부인을 굉장히 사랑하셨나 봐요?"

"그랬나 보다."

엄마는 그렇게 말하고 한숨을 쉬었다. 어째 이상한 느낌이 들었다.

"엄마 혹시 그분이 누나와 형을 낳은 것 아닌가요?"

"왜 그렇게 생각하니?"

"이상하잖아! 아무리 장남이라고 해도 형에게 재산을 다 주고 엄마에게는 한 푼도 주지 않고, 죽어서도 그분과 묻어 달라고 하는 것을 보면 아무리 생각해도 내가 속고 있는 것 같아."

"……."

엄마는 대답 대신 한숨을 길게 쉬었다.

"엄마, 이제라도 말해줘요. 아버지도 돌아가셨고, 지금이라도 속에 묻어두지 말고 말해 봐요."

"그래, 이제 와서 무엇을 숨기겠니. 다 지나간 일이다. 나는 어린 나이에 아이가 셋이나 있는 네 아버지에게 시집 왔다. 나는 어머니가 일찍 돌아가시고, 아버지가 재혼하는 바람에 많은 구박을 받고 살았다."

엄마는 처음으로 지난날 서러웠던 긴 이야기를 들려 주었다.

내가 일곱 살 때, 어머니가 아기를 낳다가 죽었다. 나는 우유를 먹이고 아기를 살리려고 했다. 그런데 새로 들어온 여자는 아기를 살리려고 하지 않았다. 내가 아기에게 우유를 먹이면, 그 여자는 신경질을 부리고, 우윳병을 빼앗아 버리고, 나를 때리고 야단만 쳤다. 아기는 제대로 우유를 못 먹어 죽었다.

내 어머니는 나를 아무것도 시키지 않았고 좋은 것만 먹이려고 했다. 남동생이 하나 있었는데, 동생과 나는 아버지와 어머니가 끔찍이도 귀여워해서 세상에 부러울 것이 없었다. 어머니와 아버지가 맛있는 것이 있으면 우리부터 주고 자기들은 우리가 먹고 남은 것이나 먹었다. 세상이 그렇게 사는 것으로만 알았는데, 어머니가 임신을 하고 아기 낳던 날, 나는 동생이 하나 더 생긴다고 좋아했다. 아침에 어머니가 나가면서 마지막으로 나와 내 동생을 꼭 껴안아 주고 어머니는 떠났다.

"이쁜 우리 공주, 동생 잘 돌보고 있어. 올 때는 아기 데리고 올게."

"엄니, 아기 오면 내가 봐 줄게."

나는 동생이 태어난다고 좋아서 어머니가 아기를 안고 오기를 기다렸다. 그런데 어머니가 아버지와 같이 산파 할머니 집에 가고 밤이 되었는데, 아버지가 오더니 어머니가 죽었다고 말했다. 슬퍼할 겨를도 없이 나는 아기를 돌봐야 했다. 다정했던 아버지는 날마다 나가서 술만 먹고 들어왔다. 나는 우유를 먹일 줄도 모르면서 남들에게 물어봐서 아기를 보살폈다. 어느 날, 아버지가 여자를 데리고 왔다. 아이도 하나 데리고 왔다. 그 여자가 들어온 그 이튿날부터 나를 구박하기 시작했다. 다정했던 아버지는 그 여자가 나를 구박해도 역성을 들지 않았다. 아버지는 그 여자 편을 들어 나와 동생을 야단만 쳤다. 불쌍한 아기가 죽었지만 슬퍼할 시간도 없었다. 그 여자는 빨래를 내게 시키고 어린 동생에게 청소를 시키면서 자기가 데려온 아이는 아무것도 시키지 않았다.

"아니, 이게 뭐니? 빨래를 제대로 빨지도 않고, 짜지도 않아 구정물이 뚝뚝 떨어지네. 무엇 하나 제대로 하는 것이 없어."

어린 나는 팔에 힘이 없어 빨래를 물이 떨어지지 않게 짤 수가 없었다. 찬물로 빨래하고, 크림도 바르지 않아 손등은 터져서 피가 났다. 동생도 손에 피가 났다. 저녁이면 동생이 손이 아프다고 징징거렸다. 날마다 동생과 둘이 껴안고 울다가 잠이 들었다.

그 여자가 내게 신경질을 부리고 욕을 하지만 아버지는 내 편을 들어주지 않았다. 그 여자에게 아버지가 어머니라고 부르라 했다. 어머니라고 부르기 싫었지만 무서워서 어머니라고 불렀다. 학교에 들어갔지만 나는 공부할 시간이 없었다. 학교에 가지 않는 날이 더 많았다. 일을 하다 보면 학교에 갈 시간이 없었고 공부할 시간도 없었다. 밥도 제대로 먹지 못하게 했다. 쌀을 퍼주고 밥을 하라 해놓고 그 여자가 나와 동생에게 밥을 적게 주었다. 안 줄 때도 있었다. 동생이 배가 고프다고 했다. 그 여자는 나와 동생에게 까딱하면 핑계를 만들어 때렸다.

"으이구, 병신 같은 것들, 빨리 뒈지기나 해라."

그 여자가 데려온 아이는 나와 동생이 울고 있는 것을 보면, 제 어머니에게 울고 있다고 일렀다. 그러면 그 여자가 울었다고 때렸다.

"누나, 배고파. 밥 좀 실컷 먹었으면 좋겠다. 저 여자가 때려서 아파 못 살겠어. 누나 우리 엄마 보고 싶어. 우리 엄마한테 가고 싶어. 저 여자는 내 엄마 아니야."

나는 말을 못하고 동생을 안고 그 여자 몰래 울었다. 그 여자에게 맞고 슬프게 울던 어린 동생이 집을 나갔다. 견디지 못하고 동생은 나가더니 들어오지 않았다. 그 여자는 동생을 내쫓았다고 억지를 쓰고 내게 욕을 했다. 아버지가 내게 어디 갔느냐고 물었지만 나도 모르는 일이다. 추운 날이면, 동생이 얼어 죽을까봐 아무도 몰래 울었다. 그 여자가 아기를 낳았다. 나는 그 여자 산후 뒷바라지까지 하느라고 힘들었다. 너무 힘들어 일어나지 못하면, 그 여자는 약은 사다 주지 않고 소리를 지르고 욕하면서 나를 때리고 밥도 주지 않았다. 몸이 아프고 열이 나서 쓰러질 것 같으면서도 일하다가 콱 죽어버리고 싶었다. 안 가는 날이 더 많았던 초등학교를 다니다 말았다. 나도 견딜 수 없어서 집을 나오고 말았다. 동생이 찾아오기를 바라고 죽을힘으로 기다렸지만 참지 못하고 나왔다. 그 여자의 호주머니에서 돈을 훔쳐 가지고 나왔다. 나오기는 했지만, 어디 갈 데가 없었다. 잡히면 맞아 죽을 것이라 무서워 벌벌 떨면서 뛰었다. 버스정류장에서 무조건 버스를 타고 얼마를 가다가 어딘지도 모르고 내려서 걷다가 배가 고파 식당에 들어갔다. 밥을 사 먹고 식당에서 아무 일이나 할 수 있었으면 좋겠다고 했더니, 마침 일할 사람이 없다고 해서 그 집에서 일했다. 그 집에서도 일하는 것이 힘들어 나오고 싶었지만 참고 살았다. 대신 배는 고프지 않았다. 밥은 실컷 먹을 수 있었다. 그렇게 몇 년을 일하고 돈을 벌어서 동생을 찾으려고 했지만 못 찾았다. 그 집에서 나오지 않고 오랫동안 일했다. 처음에는 밥만 먹고 일했고, 나이가 들어서도 남들만큼 주지 않아서 월급은 많지 않았지만, 하나도 쓰지 않고 모아서 꽤 많은 돈이 모아졌다. 하루는 식당 아줌마가 아이가 셋이 있는데, 부인이 죽어서 살림 할 사람이 없어 재혼하려고 하는 사람이 있다고 말했다. 남자는 아주 착하고 재산도 있으니, 들어가면 밥은 굶지 않는다고 했다. 나는 내가 서모에게 구박받고 살아서 그런 집에 들어가 남의 자식에게 서러움을 주지 않고 잘하려고 결혼한다고 했다. 나는 결혼하고 엄마 없는 아이들에게 잘하려고 노력했다. 남편은 내가 행여나 제 자식이 아니라고 잘못 할까봐, 내게 계속 당부했다. 내가 잘하려고 노력하는 것이 보이지 않는지 자꾸만 같은 말을 듣다 보니까 속이 상했다. 먹는 것도 나는 생각하지 않고 아이들에게만 잘해주려고 하는데도 날마다 당부하는 말을 듣다보니 가끔 화가 났다.

"애들 가는데, 먹을 것 싸주었어?"

"싸 주었어요."

"그 애들은 제 엄마가 없어서 불쌍한 애들이니까 당신이 잘 보살펴 줘야 해."

"알았어요."

그런 어느 날, 내가 임신이 된 것 같아서 나도 아기를 낳을 수 있구나, 하늘을 날 것같이 좋아서 남편에게 자랑했다. 같이 좋아할 줄 알았던 남편의 얼굴이 금방 싸늘해졌다. 그리고 떼어버리라고 신경질을 냈다. 내가 남의 자식을 임신한 것도 아닌데, 빨리 떼어버리라고 날마다 독촉했다. 입덧 하는데 먹을 것을 사다 달라고 해도 절대로 사다주지 않고, 아이들이 먹고 싶다는 것은 아무리 비싼 것도 다 사다 주었다. 구박을 지나치게 심하게 해서 남편과 아는 사람에게 물어봤더니, 먼저 부인에게는 먹고 싶다면 별별 것이라도 사다주고, 질투가 날 정도로 잘해주었다고 했다. 결혼하고, 내가 모은 돈을 남편에게 다 준 것을 후회했다.

"그럼, 나는 뭐하는 여자에요. 자식도 낳으면 안 되고, 이 집에 식모로 들어왔나요?"

"자식은 셋이면 됐지. 자꾸 많이 낳으면 힘 들으니까 그렇지."

그렇게 구박받으면서 아들을 낳았다. 나는 남편이 구박하지만 뱃속에 있는 아기에게 잘 자라 달라고 기도했다. 남편은 또 낳을 까봐, 정관 수술을 했다. 나는 첫아이를 낳았는데, 남편은 반가워하지 않았다. 나는 아기를 낳고 밥해 주는 사람도 없어서 고생도 많이 했다. 남편은 아들을 낳았지만 싫어하는 기색이 완연했다. 나는 아기를 낳고 남편인 아기 아버지가 좋아하지 않아서 서러웠다. 그렇지만 나는 내 자식을 낳았기에 기뻤다. 내 아기를 잘 키워 누구보다 훌륭한 사람으로 키우겠다고 마음먹었다. 나는 내가 낳은 아기가 누구보다 잘 자라 주기를 바랐다. 다행히 아기는 건강하고 착하고 공부도 잘했다. 형보다 동생이 공부를 더 잘하니 남편은 그것도 못마땅하게 여겼다. 남들이 아기가 엄마 닮아서 예쁘다고 하면 좋아하지 않고, 남의 자식에게 하는 말로 듣는 것 같았다. 옷도 남편은 작은 아들은 사 주지 않았다. 나는 옷은 헌 옷을 입히더라도 먹는 것은 형이 먹고 남은 것을 먹게 했지만, 남편 몰래 사랑을 더 넣어 주었다. 남편이 의심이 많아서 힘들었다.

동생이 어떻게 알고 나를 찾아왔다. 동생이 살기가 어려웠다. 남편은 내가 동생을 도와줄까봐, 감시가 심했다. 나는 도와

껍데기 133

주고 싶었지만 그럴 수가 없었다. 동생은 매형이 자기를 좋아하지 않는 것을 보고 발길을 끊었다. 불쌍한 내 동생이 거지 취급당하는 것이 슬펐다. 정말 나도 나가고 싶었지만 너를 아비 없는 자식을 만들기가 싫었고 누나와 형이 상처 받을 것을 생각해서 참았다. 몇 년 후에 동생의 소식을 들었는데 고생이 참 많다고 들었다. 세월이 흘러 강산이 몇 번 변하고, 몇 년 전에 소식을 들었는데, 동생의 자식들이 돈이 없어도 자기들이 열심히 벌어가며 공부해서 좋은 곳에 취직하고 지금은 잘 산다고 했다. 찾아갔더니 다행히 이제 남부럽지 않게 잘 살았지만 남편은 언제나 의심을 하고 좋아하지 않는 눈치였다. 나는 내 자식이 아니지만, 서모에게 당한 것이 있어 딸들과 큰아들에게 잘 하려고 정말 노력 많이 했다. 먹을 것도 내 자식보다 더 챙겨 주고, 입을 것도 나는 못 입어도 우리 집 수준보다 더 잘해 주었다. 남편은 언제나 나를 감시하고 있었다. 감시하니까 미워졌다. '이러면 안 되지'하고 잘 하려고 노력했다. 남편의 편견 때문에 아마도 진정한 사랑이 없어졌을 수도 있다. 하여튼 내 자식보다 더 잘해 준 것이 많았다. 남편은 표시가 나게 첫째 부인 자식만 자식이고, 내가 낳은 자식은 내가 데려온 자식쯤으로 아는 것 같았다. 자기 자식이니 설마 속으로는 그렇지 않았겠지만 내 눈에는 그렇게 보였다. 내 자식이 혹시라도 상처 받을까봐, 누나와 형도 내가 낳았다고 했지만 남편에게 사랑받지 못하고 사는 내 마음에 상처가 컸다. 다행히 나도 내 자식을 낳았고, 내 자식은 아무 의심을 하지 않고 참 착하게 잘 자라 주었다.

전실 자식에게 잘하려고 무한히 노력했지만 내가 낳은 자식에게 큰아들처럼 사랑하지 않는 남편에게 분한 마음이 생겼다. 죽을 때까지 남편은 내게 진정한 마음을 주지 않았다.

남편이 미웠지만 병이 나면서 정성을 다했다. 똥오줌 받아내면서 신경질 한번 부리지 않았다. 첫째 부인이 얼마나 잘했는지 모르지만 나보다 더 잘할 수 없었을 것이다. 그분은 남편에게 사랑받으면서 자기 자식을 위해서 살았고 나처럼 남의 자식을 위해서 고생하지 않았다. 병수발을 열심히 해 주었건만 유산을 나눠 줄 때도 내게는 한 푼도 주지 않았다. 같은 자식인데도 내 자식에게는 형의 반도 주지 않았다. 내가 노력한 대가가 이것인가 분하기도 했지만, 하고 싶은 대로 하게 두었다. 따지고 싸우고 싶지 않았다. 그 대신 하늘이 내게 복을 주시어 네가 건강하고 공부를 잘했다.

이 집에 재산이 늘어난 것이 내가 기여한 것도 많다. 나는 시간이 날 때마다 뜨개질을 많이 해서 아버지와 누나들과 형과 네게 입혔다. 누나들은 내가 짜준 스웨터를 입고 나가면, 아이들이 예쁘다고 해서 엄마가 짜 주었다고 자랑했다고 말했다. 남편도 내가 짜준 조끼와 점퍼를 입고 나가면, 남들이 멋있다고 해서 좋았다고 했다. 사람들이 너무 좋다고 해서 돈 받고 짜 주고 팔기도 했다. 그렇게 부수입을 올리기도 했다. 원래 솜씨가 좋아 옷도 잘 만들어 입혔다. 알뜰해서 헌옷을 다시 고치기도 많이 했다. 내가 없었으면 있던 재산도 많이 없어졌을 것이다. 나와 결혼하고 재산이 많이 늘었다. 그보다는 내가 결혼 전에 모았던 돈을 남편에게 주었더니, 내게 고맙다고 하지 않고 당연한 것처럼 자기 돈처럼 자기 자식들을 위해서 마음대로 다 써 버렸다.

나는 그때 잘했다고 생각했었지만, 남편이 이럴 줄 알았으면 주지 않았어야 했다. 그 돈을 내 이름으로 조그만 땅이라도 샀더라면 지금은 내 땅이 있었을 것이다. 그때는 땅값이 싸서 밭이라도 살 것을 후회하고 있다. 옷도 해 입지 않고 모은 돈을, 바보 같은 나는 남편에게 아무 대가없이 주었다. 큰아들이 결혼하니 집을 사 주면서 땅을 진작 분배해 주고, 죽기 전에도 큰아들에게만 많이 주었다.

이제 내 몸도 늙어서 아픈데, 그 애들이 내게 고생했다고 은혜를 갚는다고 잘해주려고 하지 않을 것이다. 내가 아픈 것이 잘 되었다고만 하지 않으면 다행이다. 네 누나들과 형도 아주 못된 사람들은 아니다. 네 누나와 형이 조금이라도 내 마음을 알아준다면 고마운 일이고, 내 인생은 성공한 것이다.

나는 내가 낳은 내 자식인 네게 잘해 주지 못했다. 언제나 내 자식만 위한다고 할까봐, 누나와 형을 먼저 생각하다보니 마음은 그게 아닌데, 마음처럼 잘해주지 못했다. 엄마를 잘못 만나, 결국 네가 나 때문에 희생자가 되었다. 다행히 네가 의심하지 않고 착하게 공부 잘해서 고마웠다. 남편은 큰아들이 공부를 잘해야 하는데, 작은아들이 잘한다고 마땅찮아 했다. 나는 내가 낳은 자식이 공부도 잘하고 반듯하게 자라 주는 것이 고맙고 행복했다. 하늘이 내 공을 알아주신다고 자부심을 가졌다. 나더러 큰아들에게 신경 좀 써 주라고 했다. 제어미가 없어서 공부를 못한다고 했다. 글쎄! 제 엄마가 있었으면 공부를 더 잘했을까? 모르는 일이다. 큰아들에게는 과외공부도 시키고, 작은아들에게는 돈을 들이지 않으려 하고는, 양심도 없이 무슨 핑계를 대는지 모를 일이었다. 나 때문에 큰아들이 공부를 못한다는 말인지, 억울했다. 내 아들이 공부 잘하는 것도 내가 죄를 짓는 것인가? 정말 네게 미안하다. 미련한 엄마를 이해해 주기 바란다.

지금까지 나는 누나와 형을 내 엄마가 낳아 기른 것으로 알

앗다. 살면서 이상한 점도 있었지만, 엄마 말만 믿고 살았다. 아버지는 형만 걱정하고 나는 생각해 주지 않는 것 같았다. 비가 오면 아버지는 우산을 들고 형을 마중 나갔지만, 내가 학교 갔다가 비가 억수같이 쏟아져도 아버지는 마중 나오지 않았다. 나는 형처럼 아버지가 마중 나올까 기대했지만, 아버지는 나오지 않았다. 비를 쫄쫄 맞고 집에 도착해도 아버지는 보는 둥 마는 둥 무관심했다. 엄마만 안타까워서 수건으로 닦아주고 옷을 갈아입히고 뜨거운 차를 타 주면서 눈물이 글썽글썽 했다. 엄마는 나 하나만 낳아서 기르고, 아버지의 아들딸에게 이용만 당하고, 자기 자식인 내게 더 잘하지 못했다. 재산도 그들에게만 주고 엄마는 아무것도 없었다. 자기가 번 돈도 아버지에게 다 주어버리고 엄마는 아무것도 남은 것이 없다. 누나들이 안타깝게 생각했는지 엄마에게 말했다.

"엄마 돌아가시면 같이 묻어드릴까요?"

"아니다. 나는 그곳으로 안 간다."

그럼, 내 엄마는 아버지에게 어떤 존재였나? 엄마는 알맹이가 다 빠져 나간 빈껍데기에 불과했다. 알맹이를 보듬고 감싸느라 온몸이 상처뿐이었다. 그렇지만 통통하게 살이 쪄서 빠져나간 알맹이는, 비나 눈과 바람을 막아주고 모든 어려움을 감당하며 참고 보살펴 준 껍데기의 은혜를 몰랐다. 아버지는 비가 오거나 눈이 오면, 누나들이 안타까워 차를 타고 학교 앞까지 가서 데려다 주고 왔다고 했다. 엄마는 아버지와 누나들과 형의 도우미였나? 아무런 대가도 받지 못하고 갖은 고생을 했지만, 헛수고만 했단 말인가? 엄마는 그들의 하인이었던가? 고생만 하고 병만 남아서 허리가 아프고 다리가 아파 간신히 움직이고 이빨도 다 빠졌지만, 치료해 주려고 하는 사람은 없었다. 엄마는 몸에 상처가 나도 치료도 못하고, 그들을 위해서 자기 몸은 돌보지 못했다. 그들은 늙도록 머슴처럼 부려먹고 상처뿐인 엄마를 아무대가 없이 버렸다. 형은 아버지가 아파트를 사 주고, 빌딩을 사주고, 땅도 많이 주어 떵떵거리고 살지만, 아버지 부조금 반만 주었다고 땅 한 떼기도 받지 못한 엄마에게 전화 한번 하지 않고 있다. 엄마는 누구를 위해서 그 고생을 했나?

생전 사랑을 받지 못하고 남을 위해서 그들의 껍데기로 살아 온 엄마는, 그래도 누나와 형을 잘 키워주었다고 보람을 느낄까? 엄마의 유일한 씨앗인 나는 장남인 형에게 다 바쳐야 하고, 형의 찌꺼기만 먹어야만 했다. 피 한 방울 섞이지 않은 남을 위해서 자기 자식을 마음 놓고 예뻐하지도 못하고, 이제 와서 몸은 병이 들고, 그들은 엄마의 괴로움을 생각이나 하나? 나는 누나들과 형이 같은 동기간이라고 알고 살았다. 지금은 그들과 나는 엄마가 다른 동기간이라고, 자기들끼리 뭉치고 내게는 홀대할지도 모른다. 엄마는 그들에게 무슨 존재이고, 나는 또 그들에게 어떤 존재인가? 엄마는 누나들과 형에게 해마다 된장을 담가주고 김치를 담가 주었다. 오랫동안 아버지 병간호를 하느라 엄마는 몸이 쇠약해져서 더 이상 일을 할 수가 없다.

"이제 나도 몸이 아파 된장과 김치를 담가 줄 수 없구나. 미안하지만 너희들이 담가 먹어야 하겠다."

"그럴 줄 알았어. 이제 막내나 해 주세요."

"무슨 소리야! 너희들 못해 주는데 막내는 해 줄 수 있나? 말하는 것이 이상하다."

"그래도 막내는 해줘야지."

"내가 언제 막내만 해주고, 너희들은 해주지 않은 것 있니?"

"아니, 이제 막내라도 해줘야 한다는 말이지요."

"나는, 네 아버지가 지금까지 이 집의 식모살이 한 월급도 한 푼 받지 못하고, 뭘 잘못했기에 감시만 받고 살았다. 나는 네 아버지의 보살펴 주지 않는 허울 좋은 하늘을 바라보고 살았지만, 상처뿐인 빈껍데기로 남았다."

엄마는 기어이 눈물을 흘리고 말았다. 병든 엄마를 위로하는 것이 아니라, 지금까지 자기들을 위해서 수고한 엄마를 이해하지 않았다. 유산도 다 받아가고, 한 푼도 받지 못한 엄마에게 무엇을 더 바란다는 말인가? 그들보다 더 사랑을 받은 것도 아니고 더 재산을 받은 것도 아니지만 나는 엄마가 낳은 아들이라는 이름으로 엄마를 안타깝게 생각하지만 나도 결혼한 몸이다. 아무것도 모르는 아내에게 무어라고 말해야 하나. 고민이 생겼다. 나는 공부 잘해서 취직이 잘 되어 먹고 사는 것은 걱정이 되지 않지만, 그들처럼 돈이 많지 않아 아이들 가르치는데 부담이 되었다. 그 대신, 나와 내 자식들은 우리 엄마의 유전인자 닮아서 공부를 잘했다. 누나와 형네 자식들은 비싼 과외공부를 시키지만 지지리도 공부를 못한다고 들었다. 게다가 형은 딸만 셋을 낳았다. 나는 다행히 아들도 낳고, 딸도 낳았다. 유산은 많이 받지 못했지만, 내가 공부를 잘했었기에 같은 학교에서 사귄 아내를 만나 아내와 같이 벌어서 자식들 뒷바라지를 하고 있다. 나는 학교에서 수석으로 졸업했기에 취직도 잘 했다. 아내와 맞벌이를 하고 잘 사는 집 딸이라서 처갓집 걱정은 하지 않아도 되었다. 지금은 외삼촌의 아들딸인 외사촌들이 스스로 공부해 잘 살아서 그들과 친하게 지내고 있다. 엄마는 자기 손주들이 공부 잘해서 보람을 느끼고 살고 있다.

옛날 같으면, 내가 아들을 낳았으니 형네 양자를 주어야 한다고 하겠다. 아버지가 살아 계시다면, 손자인 내 아들만 대를 이을 자식이라고 하겠다. 아버지 제삿날과 아버지 전부인 제삿날이면, 엄마 집으로 제사를 지내러 왔다. 엄마는 왜? 아버지 전부인 제사를 지내야 하는 것인지 모르겠다. 설날과 추석도 엄마 집으로 모였다.

아버지 제삿날. 연락이 없던 형이 왔다. 제사를 지내고 형이 가려고 하는데, 엄마가 형에게 할 말이 있다고 했다.

"왜요? 내게 무슨 할 말이 있어요? 나중에 말하면 안 돼요?"

"그래, 간단하게 말하마. 너희들도 보다시피 나는 이제 몸이 아파 제사를 지낼 수가 없구나. 장남인 큰애 네가 이제부터 지내도록 하거라."

"엄마. 아직은 엄마가 살아 있는데 엄마가 지내야 하는 것 아니에요?"

"왜 그래, 엄마. 그래야 핑계 김에 엄마 만나러 오지."

형이 말하고 큰누나가 말했다.

"고맙다. 나도 그러고 싶다. 그렇지만 나는 이제 허리가 아프고 다리가 아파 걸어 다니기도 힘들구나. 제사 지내지 않으면 안 온다고 하는 말같이 들린다."

"아무래도 자주 못 오게 되드라구요."

"너희들은 서운한 것이 많겠지만, 나는 자식들에게 최선을 다했다. 이제는 내가 힘이 들어 아무것도 할 수가 없구나. 이보다 더 아파 움직이지도 못하게 되면, 요양병원에나 가야 하는데, 거기 갈 돈도 마련하지 못했구나."

"왜요. 막내가 있잖아요?"

"나는 막내에게 너희들보다 더 잘하지도 않았고, 아버지가 막내에게 유산을 더 주지도 않았다. 됐다. 이제들 가거라. 그런 줄 알고 앞으로 큰애네 집에서 제사를 지내도록 해라."

형은 맏이라고 재산을 그렇게 많이 가져가고도 제사는 지내기 싫은 것 같았다. 엄마가 아프다는데 조금의 도움도 주기 싫고, 아직도 이용만 하고 싶은 것이다. 지금도 힘든 것은 엄마에게 시키고, 자기들은 구경만 하고 싶은 모양이다. 불쌍한 엄마는 지금까지 무엇을 했다는 말인가? 죽도록 고생하고도 남편의 사랑을 받지 못하고, 의심을 받으면서 피 한 방울 섞이지 않은 남의 자식을 위해서 고생한 대가로 온몸에 병만 남았다. 엄마의 고생을 알아주는 사람은 없고, 최소한의 대가도 받지 못했다. 이제 늙어서 일을 할 수 없고, 엄마의 인생은 없다.

"엄마…."

큰누나가 엄마를 꼭 껴안았다. 작은누나도 같이 엄마를 안았다. 엄마가 누나들을 안아주면서 눈물을 닦았다. 다행히 누나들이 엄마와의 정이 있는지, 아니면 고생을 아는지 엄마를 껴안고 흑흑 소리를 내며 울었다.

알맹이가 빠져나간 상처뿐인 빈껍데기가 보인다.

피리소리

피리소리

밤이 되면 애간장을 녹이는 남자의 피리 소리가 산으로 둘러싸인 작은 마을에 애처롭게 울려 퍼졌다. 남자는 오늘 저녁도 피리를 불었다. 삘리리~~~ 삘리리~~~ 가슴이 미어지는 아픔을 피리로 토해내는 소리였다.

남자는 7남매의 맏아들인데, 외할머니와 과부 어머니를 모시고 살았다. 일찍 결혼한 아내는 고운 얼굴에 가느다란 허리가 산들바람에도 쓰러질 것같이 약했다. 아내는 웃는 얼굴에 다정하고 살가웠다. 아들을 낳고, 딸을 하나 더 낳았다. 둘째를 낳고는 밥을 못 먹고 전과 다르게 영 몸이 좋지 않았다. 사납고 말 많은 시어머니의 꾸중을 들으면서, 그 많은 일을 힘들어 숨도 간신히 쉬면서 말없이 다 해냈다. 남자는 힘들어 하는 아내를 볼 때마다 안타까웠지만, 사나운 어머니가 무서워 아내를 도와주지 못했다.

　남자의 외할아버지와 외할머니는 이 동네 이 씨네 종이었다고 했다. 외할아버지가 죽고, 외할머니와 어머니가 둘이 살았다. 동네에 양반인 박 씨가 아내가 죽고 혼자 살았다. 홀아비인 박 씨에게 어머니가 시집갔다. 동네 사람들이 그 처녀와 결혼하라고 하니 어떻게 남의 집 종의 딸하고 사느냐고 말을 했지만, 세상도 바뀌었고 재취니까 괜찮다고 친구들이 부추기어 남자의 아버지는 마지못해 처녀와 결혼했다. 남자의 아버지는 7남매를 두고 죽었다. 남자의 어머니는 동네 양반들이 아들을 낳으면 탈 없이 명을 길게 살라고, 천한 남자의 어머니에게 수양아들로 삼으라고 했다. 동네 양반 아들들은 모두가 남자 어머니의 수양아들이었다. 설이 되면 양반집 아들들이 세배하러 왔다. 남자의 어머니는 양반 어머니들보다 세력이 더 세졌다. 남자의 어머니는 산에 절을 짓고 기도해 주었다. 불법도 모르고 아는 것이 없지만, 머리도 깎지 않고 수양어머니로서 기도해 주었다. 스님은 아니었다. 밥만 해서 부처님 앞에 올리고, 신도들은 반찬도 없이 간장만 가지고 먹으면서도 불만이 없었다. 남자의 어머니에게 밉보이면 안 좋은 일이 있을까봐, 아들을 수양아들로 맡긴 동네 사람들이 무조건 복종했다. 가을에 추수하면 먼저 쌀에 뉘(깎아지지 않은 벼)를 가리고 잡것들을 가려서 제일 좋은 쌀을 가지고 기도하러 갔다. 떡은 하지 않았다. 떡은 집에서 사람들이 해가지고 절에 가서 올렸다. 양반집 여자들은 먹고 살기도 힘들었지만, 집에서는 명절에나 쌀밥을 먹으면서 보리는 가져가지 않고 쌀을 가지고 갔다. 좋은 것이 있으면 절에 가지고 갔다.

남자네 식구들은 어머니 덕분에 가난했지만 굶지는 않았다. 그때는 보리나 잡곡도 없어서 굶는 사람이 참 많았다. 시집살이를 해 보지 않은 남자의 어머니는 양반 흉내를 내느라고 그러는지 자기 세력을 과시하려고 며느리에게 호된 시집살이를 시켰다. 아내는 남자 집에 어울리지 않는 미인이고, 몸이 아주 약했다. 남자의 아내는 시할머니와 시어머니, 시동생이 셋이고, 시누이가 셋에다 남편과 아이가 둘이라서 열두 식구의 살림을 혼자 해내기에는 너무 무리였다. 그러나 어머니는 잘한다는 소리는 하지 않고 무엇이든 트집 잡지 않는 것이 없었다.

"바느질을 이게 뭐라고 했니. 니 집에서는 이렇게 하고 살았니?"

그게 아니면 또 다른 트집을 잡았다.

"이걸 나더러 먹으라구? 니 집에서는 시어미 공경을 이렇게 하니? 본데도 없다."

아내는 날마다 혼났다. 식구는 많은데 곡식을 조금 꺼내주어 밥이 부족해서 아내는 먹지 못하거나 누룽지나 긁어먹고 살았다. 임신했을 때 아내가 닭고기가 먹고 싶다고 했다. 집에 닭을 기르고 있었지만, 어머니가 무서워 남자는 아내를 위해서 닭을 잡지 못했다. 먹지도 못하고 날마다 토했지만 일은 많고 너무 힘들어 했다. 모과가 먹고 싶다고 해서 남의 집 모과를 따다가 주었다가 어머니에게 들켰다.

"머저리 같은 새끼. 계집이 먹고 싶다고 그걸 따다 주니? 어미에게 그렇게 잘 해봐라. 자식 새끼 길러봤자 아무 소용없어, 키워놓으면 제 계집밖에 모르니, 아이구, 내 팔자야…!"

어머니는 아들에게 아내만 위해주는 머저리라고 비난했다. 남자는 자기가 정말 머저리인지도 모른다고 생각했다. 자기 자식을 임신한 아내가 먹고 싶다고 하는 것을 사다주지 못하는 머저리. 아내가 첫째를 낳았을 때는 일을 하면서 잘 버티었다. 남자는 남들도 다 그렇게 아기 낳고도 쉬지 않고, 밥하고 힘든 일을 하는 것으로 알았다. 그런데 친구는 아내가 아기를 낳았을 때, 어머니가 삼칠일을 밥해 주었다고 했다.

"아기 낳고 쉬어야 하는 거야?"

"그럼, 아기를 낳으면 적어도 삼칠일은 일을 하지 말고, 미역국에 밥을 먹어야 젖이 잘 나온다고. 산후 조리 잘하지 않으면 나중에 산후병으로 힘들게 되고 죽기도 한대. 그리고 방도 뜨겁게 해줘야 한대."

"나는 그런 것 몰랐어!"

"아이구, 그러구 무슨 남편이고 아버지라고 그러냐?"

아내는 둘째를 낳고는 아프다고 하더니 물만 먹고, 밥을 먹지 못하고 자주 누웠다. 남자의 어머니는 누워 있는 며느리를 못마땅해 했다. 남들은 아기 낳고 산후조리를 한다는데 아내는 시어머니가 있고 시누이들이 있건만, 산후 조리는 고사하고 아내에게 힘든 일을 시켰다. 온종일 일하고 방에 들어와 아파서 밤새 앓았다. 그렇게 앓고 아침이 되면, 다시 일어나 일을 해야 했다. 그러다가 아침에 일어나지 못했다.

"에미야…, 오늘 밥하지 않는겨. 왜 나오지도 않니?"

"아픈가 봐요. 못 일어나네요."

"니가 그렇게 감싸고 도니까 저렇게 엄살을 떠는 거지."

"엄살 아니에요. 밤새 앓았어요."

"이 자식이, 어디다 제 계집 편들어 어미에게 대드나."

남자의 어머니는 소리를 지르고 문을 확 열어제쳤다.

"뭐하는 겨, 밥하지 않고. 큰며느리가 제 서방 믿고 젊은 것이 늙은 시할미, 시어미 앞에서 엄살떨고 있어. 빨랑 일어나지 못해?"

"어머니, 죄송해요."

아내는 일어나려고 하다가 쓰러졌다. 일어나 부엌으로 나가다가 다시 쓰러졌다.

"아이구, 일거리는 많은데, 큰며느리라는 것이 제 서방 믿고 엄살만 떨고, 팔자가 사나워서 며느리라는 것이 자빠져서 일어나지도 않으니…!"

아내는 뒷간에도 못 갔다. 남자는 요강에 대소변을 받아냈다. 먹은 것이 없으니 나올 것도 없었다. 어머니는 아들을 못마땅해 했다.

"아이구, 어떤 년은 복도 많아서 서방이 아프다면 다 받아주고, 머저리 같은 새끼."

일어나지도 못하고, 열이 나서 땀이 흠뻑 옷을 적시지만, 갈아입지 않아 냄새가 났다. 빨래를 해야 하고 옷을 꿰매주어야 하는데 난감했다. 할 수 없이 옷을 벗기고 개울에 빨래하러 가는데, 어머니가 소리쳤다.

"무슨 짓을 하는겨? 여편네 빨래 해주는 놈은 처음 봤다. 머저리새끼."

"그럼 어떡해요? 못 일어나는데."

"왜 못 일어나. 제 서방 믿고 엄살떠느라고 그러지. 뒈지게 내버려 둬…."

"어머니, 어떻게 그렇게 말해요?"

"뭐여, 이자식이. 그까짓 여편네 죽을 까봐? 여자는 얼마든지 있다."

"애가 둘이나 있어요. 애 엄마를 죽게 내버려 둬요?"

"누가 죽으라고 했어? 지가 자빠져서 일어나지 않고 있지."

아내는 먹지 못하고 아파하지만 그렇게 구박받았다.

"여보, 미안해요."

어머니는 집에서 판판 놀고 있는 딸들이 많지만, 딸들은 시키지 않고 가녀린 며느리만 일을 시켰다. 남자는 아내를 죽게 내버려두는 것이 남자다운 것인가? 생각해 보지만, 아내가 불쌍해서 견딜 수가 없었다. 읍내 장에 가서 약방에 들어가 아내의 약을 사고, 무엇이라도 먹게 하고 싶어서 팥죽을 샀다. 어머니가 알면 머저리라고 난리가 나겠지만, 집에 와서 아내에게 주었더니 먹으려고 하지만 넘어가지 않는다고 했다. 아내가 눈물을 흘리면서 억지로 약을 먹고 고맙다고 했다. 아내의 눈물을 닦아주고 남자는 삭정이처럼 바짝 마른 아내를 안고 같이 울었다.

"여보, 아이들 어떡해요? 어머니에게도 죄송하고 당신한테도 너무 미안해요."

"일어날 거야. 걱정하지 마! 아이들 걱정은 하지 않아도 돼. 내가 있잖아. 당신이나 어서 일어날 생각이나 해."

"나는 이제 일어나지 못할 것 같아요. 당신 만나서 너무 행복했어요. 여보, 고마워요. 그리고 미안해요. 당신에게 염치없지만, 어미 잘못 만나서 불쌍한 내 새끼들 잘 부탁해요."

이튿날 아내는 물도 먹지 못하고 숨을 가쁘게 쉬더니 남자에게 나가지 말라고 했다. 어머니는 일 나가지 않는다고 남자에게 소리쳤다. 사람 목숨이 쇠심줄처럼 질겨서 먹지 못하고 오래도록 앓다가, 아내는 남자 손을 잡고 눈도 감지 못하고 죽었다. 아내의 죽는 꼴을 바라보던 남자의 마음은, 뼈개지는 것 같은 가슴을 움켜쥐며 못난 자기를 원망했다. 남자는 아내의 눈을 손으로 감겨주면서, 죽은 아내를 끌어안고 얼굴을 비비면서 눈물을 쏟아냈다.

"여보, 나만 두고 혼자 가면 어떡해. 나는 어떻게 살라고…. 나는 당신 없으면 못살아. 나는 못살아…. 엉엉…"

어머니는 야단만 쳤다.

"머저리 같은 놈. 계집 죽었다고 울어. 그렇게 속 썩이고 죽은 년이 무엇이 안타깝다고 우나?"

남자의 어머니는 기르던 개새끼 죽은 것만큼도 안타까워하지 않았다. 참 독한 시어머니였다. 상여가 나가는데, 남자는 상여 뒤를 따라가면서 눈물이 쏟아졌다. 가다가 쓰러져서 가지 못했다.

"아버지, 울지 마!"

어린 아들이 울면서 아버지를 달랬다. 아들을 안고 남자는 뒹굴었다. 사람들이 일으켜 주었다. 누가 아내 죽었다고 운다고, 머저리라고 하거나 말거나 눈물이 쏟아졌다. 고생만 하다가 죽은 아내가 불쌍했다. 어머니가 병신, 머저리라고 했지만, 쏟아지는 눈물은 참을 수가 없었다. 아내가 땅속에 묻히는 것을 차마 볼 수가 없었다. 어떻게 땅속에 아내 혼자 묻히게 한단 말인가? 같이 들어가고 싶었다. 남자는 아내의 관이 들어가는 땅속으로 따라 들어가는 것을 보고 사람들이 말렸다. 보는 사람들도 안타까워 눈물을 흘렸다.

남자는 멍하니 하늘만 쳐다보았다. 밥도 먹지 않았다. 아무 것도 하기 싫었다. 아내와 있었던 추억만 생각났다.

"머저리 같은 새끼, 계집 죽었다고 밥도 처먹지 않고, 아주 땅 속까지 따라가거라."

"……."

"빨리 일어나지 못해. 일거리가 쌓였는데, 나가지 못해?"

소리치는 무서운 악마 같은 어머니의 말이 들리지 않았다.

며칠을 밥도 먹지 않고 앉아 있던 남자는 미친 사람처럼 일어났다. 남자는 비실비실 일어나 아내의 무덤 앞으로 갔다. 무덤 앞에 앉았다. 눈물이 줄줄 흘렀다. 저녁이 되어도 일어나지 않고 앉아 있었다. 밤이 되어도 집에 들어오지 않고 이튿날이 되어도 들어오지 않으니 남자의 어머니는 작은아들과 같이 무덤에 찾아갔다. 남자는 무덤 앞에 쓰러져 있었다. 어머니가 남자를 일으키며 소리쳤다.

"이 머저리 같은 새끼야, 니가 뒈지면 니 새끼들은 어떻게 살라는 것이냐. 뒈지려면 니 새끼들도 같이 죽여 버려라. 같이 묻어 줄 테니."

남자는 그 소리를 듣더니 벌떡 일어났다. 며칠을 굶은 몸이라 다시 쓰러졌다. 동생이 업고 집에 왔다. 집에 와서 남자는 아이들을 끌어안고 엉엉 울었다. 아이들도 남자 품에 안겨 울었다. 남자는 억지로 밥을 먹었고, 낮에는 논밭으로 나가 일하다가 쓰러진 것을 사람들 눈에 띄면 업고 왔다. 누가 말을 시키면 대꾸도 하지 않았다. 밤이면 고생했다고 맞이해 주던 다정한 아내의 모습이 아른거려 환장할 지경이었다.

'여보, 내가 아이들 잘 기를 테니 걱정하지 마. 나도 빨리 죽어 당신 곁으로 가고 싶다. 여보, 내 말 들려? 그렇게 힘들게 일하면서 휘어질 것 같이 가는 허리로 얼마나 힘들었어. 남편

잘못 만나 고생만 하다가 간 당신을 지켜주지 못해서 미안하다. 사나운 시어머니 비위 맞추느라 너무 고생 많았어. 식구는 많고 약한 몸으로 얼마나 힘들었을까? 그렇게 힘들면서도 병신같은 남편을 원망할 줄도 모르는 착한 당신을 죽이고, 나는 무슨 힘으로 살아야 할지 걱정되지만, 당신과 내가 낳은 자식들을 위해서 열심히 살게. 거기서는 시어머니 없는 곳에서 호강하고 살았으면 좋겠다. 나는 당신이 너무 보고 싶어서 미치겠다. 여보, 잘 있다가 우리 다시 만나자. 우리 만나면 이렇게 고생하지 말고, 우리끼리 잘 살자. 여보, 잘 자!'

불쌍한 아내 생각에 잠이 오지 않았다. 남자는 슬픔을 이기지 못해 밤새 피리를 불었다. 남자가 피리를 불면, 아내가 옆에 앉아 따라서 노래를 불러주던 생각이 났다. 노래를 부르다가 남자 어깨에 기대어 잠들었다. 그러면 피리를 내려놓고, 아내를 안고 이불 속으로 들어갔다.

"당신 피리 소리만 들으면 힘든 것도 다 잊어지고 박하사탕같이 달콤해서 잠이 솔솔 들어와요. 여보, 나는 당신 피리 소리가 너무 좋아요. 당신이 있어 나는 정말 행복해요. 고마워요."

아내는 남자의 피리 소리를 좋아했다. 서로 잘해 줄 수는 없어도 마음으로 사랑했다. 하루 종일 일하고 밤이면 둘이서 오순도순 이야기꽃을 피웠다.

아내는 저녁을 먹고, 그 많은 설거지를 하고, 시어머니 이불을 깔아 드리고, 그제야 우리 방으로 들어왔다. 어떤 때는 몰래 누룽지 한 쪽을 가지고 들어와 저녁에 둘이 무슨 보약처럼 나눠 먹기도 했다. 분꽃 같이 수줍고 예뻤던 얼굴이 모진 고생을 하고, 힘이 들어 얼굴에 핏기가 없어 누렇게 뜬 얼굴에도 환한 웃음으로 남자를 쳐다봤다. 남자는 안쓰러워서 똑바로 아내를 쳐다볼 수가 없었다.

"힘들었지? 내가 당신 어깨 주물러 줄게. 뒤로 돌아앉아 봐."

"당신이 더 힘들었잖아요. 나는 당신만 있으면 언제나 행복해요."

"미안해. 아이들 다 자라면 우리도 그렇게 힘들지 않을 거야. 그때까지만 참자. 그때는 우리 같이 손잡고 여행도 가고 아이들 사는 것을 바라보면서 행복하게 삽시다."

"알았어요. 고마워요."

"그때까지 참고 살자. 약속?"

"약속?"

남자는 열심히 살아 늙어서 행복하게 살 것을 아내와 약속하고, 힘든 것을 이기고 살자고 엄지손가락을 둘이 꾹 누르고 웃으면서 꿈속으로 빠져 들어갔다.

남자의 어머니는 어려서 소달구지에 다쳐, 다리를 저는 둘째 동생을 끔찍하게 위해 주었다. 다리를 절어서 둘째동생은 기가 죽어 있었다. 그래서 그런지, 조금은 모자란 듯한 동생이 결혼 했다. 먹고 살기 어려워 입 하나 덜자고 시집보낸 가난한 집 딸이, 다리를 저는 장애자인 둘째동생에게 시집왔다. 어머니와 중매쟁이가 장애자인 것을 말하지 않았고 잘사는 집이라고 속였다. 인물은 못생겼지만, 남자의 어머니는 장애자에게 시집온 작은며느리를 예뻐했다. 어머니가 큰며느리에게도 그렇게 잘 해 주었으면 일찍 죽지 않았을 것이다. 남자는 더욱 못 견디게 아내가 보고 싶었다. 그럴 때마다 피리를 불었다. 동네 사람들은 그 애절한 피리 부는 남자를 안타까워했다. 어머니가 남자에게 재혼하라고 했다. 죽은 사람에게 미안하지도 않은지, 재혼하라고 하는 어머니가 미웠다. 남자는 싫다고 거절했다. 남자는 불쌍하게 죽은 아내를 잊지 못했다.

"머저리 같은 새끼, 계집이 그년밖에 없다더냐?"

"어머니, 죽은 사람에게 욕하지 말아요."

"아이구, 머저리. 니 새끼는 누가 길러. 꼴도 보기 싫으니 나가 살아라."

진작 그러지. 둘째가 자라면서 다른 아이들과 다르게 말도 잘 하지 못하는 것이 지적 장애가 있는 것 같았다. 아내가 제대로 먹지 못하고 아기를 낳아서 그런 것이 아닌가 해서 더욱 죄의식을 느꼈다. 아내와 아기에게도 더욱 미안하기만 했다. 남자는 재혼하지 않기로 마음먹었다. 착한 아내를 죽인 놈이, 또 재혼을 해서 잘살겠다고 하나. 슬픔은 날이 갈수록 더해 세상이 싫었지만, 아내와 같이 낳은 자식들을 생각해서 죽지 못해 살았다. 아내를 생각하면, 견딜 수가 없어 밤이면 피리를 불었다. '여보 왜 그렇게 슬픈 노래를 해. 당신이 그러니까 나도 슬퍼지잖아'하는 것 같았다. 그러나 잠을 잘 수가 없고, 참을 수가 없이 슬퍼서 피리를 불었다. 남자가 피리를 불면, 아내가 어깨에 기대고 있는 것 같은 착각이 들었다. 한참 피리를 불다가 어깨가 허전했다. '여보 어디 갔어?' 그때, 아내가 없다는 것을 생각하고 다시 슬퍼졌다.

아이들을 잘 기르려면 여자가 있어야 한다고 어머니가 중매쟁이를 불러왔다. 그러는 어머니가 악마로 보였다. 누구를 또 고생시키려고 재혼을 권하는가? 나는 아내에게 죄를 지은 남자다. 그런데 남자의 사정을 아는 친구가 집요하게 재혼하라고, 좋은 사람이 있다고 소개해서 여자가 들어왔다. 제대로 대답도 않는 남자에게 친구가 억지로 대답을 하게 해서 여자가 왔지만, 남자는 자식도 둘이나 있는데 불안하기만 했다. 여자에게 죄를 짓는 것 같아 미안하기만 했다. 여자는 처음부터 착했다.

남자는 내가 무슨 복이 많아, 착한 사람을 만나는지 모르겠다고 생각했다. 여자는 말도 잘 못하고, 장애가 있어 대소변도 잘 못 가리는 바보인 아기에게 제가 난 새끼처럼 아주 잘했다. 냇물에 가서 고동을 잡아다 까서 아기에게 먹이고, 맛있는 호박전도 해주고, 감자를 갈아서 감자전도 만들어 아기를 열심히 먹였다. 아기가 칭얼대면, 밤에 잠을 못 자고 업어서 재웠다. 목욕도 자주 씻기고, 머리도 곱게 땋아주고, 옷도 예쁘게 꿰매어 공주처럼 꾸며주었다. 반찬 솜씨도 좋고, 옷도 잘 만들었다. 못하는 것이 없다. 그러면서 짜증 한 번 부리지 않고 남자에게도 아주 사근사근했다. 남자는 죽은 아내가 보낸 천사라고 생각했다. 아침 일찍 어머니가 왔다.

"너는 시어미에게 아침 인사도 오지 않니?"

"애기 밥 먹이고 가려구요."

"언제, 저녁 때?"

그렇게 어머니가 날마다 와서 아기에게 제 새끼 아니라고 함부로 하지 말라는 둥. 시집에 와서 일해야 한다는 둥, 날마다 간섭이 심했다. 남자의 아내는, 시집에 가서 일하다 보면 아기를 잘 돌보지 않으면, 아기에게 함부로 한다고 야단쳤다. 하루도 아니고 날마다 꾸중을 듣다 보니 아내는 지쳤다.

"어머니는 내가 못마땅한가 봐요?"

"그럴 리가 있어. 큰며느리인데."

"아니에요. 동서에게는 다정하게 하시는데, 내게는 한 가지도 마음에 들어 하시지 않고, 모두가 마땅하지 않으신 것 같아요."

여자는 일찍 시집을 갔지만, 몇 년이 되어도 아기를 낳지 못해 시어머니가 남편에게 첩을 얻어서라도 아기를 낳아야 한다고 했다. 시어머니와 남편이 아기 문제로 자주 다퉜다. 여자가 자식을 낳지 못하니 죄가 되어 보다 못해 남편과 시집에게 미안해서 나왔다. 남편은 아기가 없어도 좋으니 나가지 말라고 했지만, 더 이상 죄를 지을 수 없어 남편 몰래 나왔다고 했다. 남편은 당장 여자의 친정집에 와서 자기는 여자만 있으면 된다고 결혼하지 않을 것이라고 했다. 여자를 찾아 달라고 여자의 어머니에게 사정하는데 몰래 숨어서 다시 시집에 가지 않았다고 했다. 여자는 미안해서 바늘방석에 앉아 있는 것 같아 도저히 버티고 살 수가 없었다고 했다. 이왕 아기는 낳을 수 없는 몸이고, 엄마 없는 아기 있는 집에 가서 착한 엄마가 되어야겠다고 마음먹고 왔다고 했다. 남자는 어머니가 내가 미우면 나만 나무라면 되지만, 내 아내에게는 너무 지나치게 트집을 잡고 견디기 힘들게 괴롭힌다고 생각했다. 며칠 전에는 아내가 아기 밥 주고 집안일 하고 늦게 어머니 댁에 갔다고 했다.

"무엇하느라고 큰며느리가 이제 어정어정 오니? 지가 이집 일을 도맡아서 하기는커녕, 놀러 오는 거야 뭐야? 니 동서 본 좀 봐라."

"애기가 밥을 안 먹어서 달래서 밥 먹이느라고 늦었어요."

"무슨 변명이 그렇게 많아. 시어미에게 말마다 대꾸하는 버르장머리 없는 년, 말 많은 계집 잘하는 것 없더라."

아내는 저녁에 울면서 잘하려고 해도 밉게만 보이시니 힘들다고 말했다. 남자는 속이 상했다. 아이들 엄마도 지켜주지 못했는데, 어머니는 또 이 여자까지 못살게 하고 있다고 생각하니 화가 머리끝까지 나서 그냥 어머니 집으로 달려갔다.

"웬일이냐? 이 시간에."

"어머니, 큰며느리 죽여 놓고 부족해서 다시 얻은 여자를 또 죽이려 하나요?"

"뭐야! 이 새끼가. 누가 누굴 죽여. 내가, 니 여편네를 죽였어? 니가 잘못해서 죽었지. 아이구, 이 팔자야…. 맏아들이라는 새끼가 제 어미를 사람 죽인 년으로 만드네. 아이구 분해, 이년이 뭐라고 제 서방에게 일러바쳤기에 이 머저리 새끼가 이러는 거냐. 내가 억울해서 못산다. 당장 가자. 내가 이년을…."

"형, 지금 어머니에게 뭐라고 하는 거야. 어머니가 누굴 죽였다구? 정신 차려. 여자에게 미치니까 뵈는 게 없구먼. 어떤 불효자두 어머니에게 그렇게 말하는 놈은 없어."

"뭐라구? 니 내게 놈이라고 했니?"

"그래, 니 같은 놈은, 놈이라고 한 것도 너무 대우해 준 거다."

어머니가 당장 쫓아오려고 하는데, 동생들이 말려서 혼자 왔다. 남자는 억울해서 잠을 못 자고 아침에 일하러 나갔다. 어머니는 아침 일찍 남자의 집에 식식거리면서 찾아왔다고 했다.

"어머니, 이렇게 일찍 웬일이세요."

"어머니, 웬 일이냐고? 니 이년, 서방에게 뭐라고 고자질했기에 애비가 내게 와서 난리를 치게 했니? 생전 어미에게 대들지 않던 자식이 어미에게 대들게 만들었어. 수단도 좋다. 이년이 집안 망치겠다."

말하면서 아내의 머리끄덩이를 잡아서 방바닥에 팽개치고 밥 먹던 그릇을 집어던지고, 별별 욕을 다 퍼붓고 갔다고 했다. 새도 아니고, 닭도 아닌데, 머리카락이 한 움큼 뽑혀 있었다. 아내는 시어머니라서 그냥 맞고 머리를 뽑힌 것이다. 아내는 그냥 울고만 있었다. 또다시 사는 것이 아니었다. 아내는 아기에게도 남자에게도 더할 수 없이 아주 잘했다. 아내가 시집에 가면, 시할머니도 욕을 하고, 시동생과 시누이들도 같이 욕하고, 손아래 동서까지 이구동성으로 시집에게 잘못한다고 말한다고 했다. 아내는 무서워서 시집에 가기가 두렵다고 했다. 남자는 이 상태로는 도저히 살 수가 없었다. 남자는 아내에게 어머니 집에 가지 말라고 했다. 그 뒤로 어머니는 틈만 나면, 쳐들어와서 아내의 머리를 뽑아놓고, 그릇들을 깨뜨려 놓고, 소리를 치고, 집 안을 아수라장을 만들어 놓고 갔다.

"큰며느리라는 년이 시집에 오지도 않고, 제 서방까지 어미를 찾지 못하게 하는 년. 어디서 굴러먹던 년이 어미와 아들의 철륜을 끊어 놓으려고 들어온 년이냐. 내가 복이 없으니 저렇게 본데없는 년이 들어와 집안 망하게 생겼다."

남자는 참을 수가 없어서 어머니에게 말했다.

"어머니! 그러면 애들 어미에게는 왜 그렇게 모질게 했나요?"

"그 애는 착했지. 그 애는 내게 저년처럼 한 번도 대들지 않았다. 몸이 약해서 일찍 죽었지만, 내가 복이 없어서 착한 며느리 죽고 저런 년이 들어왔지."

"뭐라구요? 착했다구요?"

"그래 착했지. 그 애는 내가 하라면 하라는 대로 다했어. 그 애 있을 때는 니놈도 내게 이렇게 대든 적이 없었지. 그런데 저년이 온 뒤로 어떻게 가르쳤기에 니가 내게 이렇게 대드니? 이 불효막심한 망할 새끼. 불여우 같은 계집 말만 듣고, 천방지축 어미에게 대들어. 머저리 같은 새끼가 제 계집밖에 몰라. 정신차려, 이 새끼야."

어머니는 하루도 아니고 시간이 날 때마다 남자가 일 나가면 집에 와서 욕하고 때리고 갔다고 했다.

남자가 일하고 밤에 집에 들어가니 아내가 마구 토하고 있었다. 첫 아내가 죽어서 놀란 남자는, 아내가 죽을병이 든 줄 알고 너무 놀랐다. 처음에는 놀랐지만, 알고 보니 분명 임신이었다. 아내는 얼굴이 노래졌다.

"여보! 임신 아니야? 이제 일하지 말고 쉬어. 내가 할 테니까. 뭘 먹고 싶어?"

남자는 이 여자에게라도 남편 노릇을 하고 싶어서 쉬게 하고, 먹고 싶다는 맛있는 것도 사다 주고 싶었다.

"무슨 임신을? 나는 아이가 생기지 않는 여자잖아요."

"아니야. 분명 임신이야. 언제 달거리 끝났어?"

"어, 그러니까 그러네. 지난달에 소식이 없었네요. 그럴 리가 없는데?"

"그 남자가 아기를 만들지 못하는 남자였나 보다."

"정말! 그런가? 설마…."

남자는 어머니가 아내에게 잘하게 해달라고 하려고, 어머니 집에 갔는데, 그 소리는 못하고, 어머니에게 꾸지람만 듣다가, 남자가 어머니에게 따졌다.

"어머니, 왜 그렇게 그 여자를 미워하세요? 그 여자는 어머니 큰며느리에요."

"이 새끼야 정신 차려. 그년을 어떻게 믿고 어미 말도 믿지 않고 그년 편만 드냐?"

"어머니, 제가 미우면 저만 미워하지 그 여자까지 왜 미워하나요? 제발 이제 그 여자에게 그만 구박하세요. 불쌍해 죽겠어요."

"그년이 불쌍하다고? 내가 구박한다고?"

"그만해요, 어머니. 여자가 불쌍하지도 않아요? 너무합니다. 제발 그만해요."

"형, 지금 어머니에게 왜 그렇게 대들어? 형, 왜 그렇게 됐어? 정말 못 봐주겠네."

"뭐가 어째? 너 나를 가르치려고 하니?"

"니는 형도 아니야. 어떻게 어머니에게 그렇게 대들 수 있어."

너무 분해서 동생의 어깨를 잡았다. 동생이 어깨를 확 빼더니 남자의 뺨을 후려쳤다.

"이 새끼가 형을 때려."

"니가 형이야? 어머니에게 대드는 놈이 형이야?"

"저런 놈은 내 자식이 아니다. 맞아야 한다."

어머니는 형을 때리는 동생 편을 들었다. 아내에게 또 다시

어머니가 구박하다가는 남자는 아내가 죽는 꼴을 또 볼 것만 같았다. 생각만 해도 끔찍했다. 여동생들도 어머니 편을 들어, 어머니에게 그게 무슨 말버릇이냐고 욕했다. 어머니와 식구들이 동네 사람들에게 어머니에게 대든다고 불효자라고 소문을 내서 동네에서 살 수도 없었다. 그러나 당장 아이들도 있고 이 동네를 떠나서 먹고 살기가 힘들어 나가지도 못하고 있지만, 이렇게는 못 살겠다 싶었다. 하루하루 사는 것이 두렵기만 했다. 괴로워서 다시 피리를 불었다. 임신까지 한 이 여자는 어떻게 해야 옳으냐. 미안하고 불쌍했다. 이 상황을 어떻게 대응해야 옳을지 대책이 없어 잠도 오지 않았다.

동네 초등학교에서 운동회를 했다. 아내는 아들이 학교에 갔으니 정성껏 반찬을 만들어 도시락을 싸가지고 아기와 손 잡고 구경을 갔다. 어머니는 큰아들 집에 갔으나 며느리가 없으니 운동장으로 갔다. 어머니는 이리 저리 찾다가 아내를 보고 '이년이'하더니 당장 아내의 머리끄덩이를 잡으려고 해서 아내는 아기를 두고 도망쳤다.

"이년이 어디를 다녀. 남의 새끼 망치려고?"

욕을 퍼부으면서 쫓아가고, 아내는 급해서 운동회 하는 운동장 안으로 도망쳤다. 설마 운동장 안으로 쫓아오지는 않겠지

했지만, 어머니는 운동장 안으로 쫓아가면서 소리쳤다.

"이년, 집안 망칠 년, 서방 잡아먹고 시어미 잡아먹을 년, 여러분, 이년 좀 잡아줘요!"

그때 어디서 나타났는지 남자가 어머니를 가로막았다. 어머니가 남자를 사정없이 때렸다. 실컷 두드려 맞던 남자가 어머니 앞에 엎드렸다.

"어머니, 저를 마음껏 때려 죽여 주십시오. 저 여자는 죄가 없습니다. 제 자식도 아닌 남의 새끼에게 너무 잘하고 있습니다. 안타까워서 못 보겠습니다. 차라리 저를 죽여 주십시오."

"저 년이 안타까워? 그럼, 이 어미는 안타깝지 않니? 이 머저리 같은 새끼야, 이런 배은망덕한 자식아, 계집이 그렇게 좋아서 저를 낳은 어미에게 대들어? 망할 자식, 그래 죽어라."

어머니는 무릎 꿇은 아들을 죽일 것같이 무섭게 때렸다.

"어머니, 이 불효자식을 죽여 주십시오. 이제 더 살고 싶지 않습니다. 어머니에게 맞아 죽고 싶습니다. 저와 사는 여자를 무조건 미워하는 어머니, 저를 죽여 주십시오."

남자의 어머니는 아들에게 소리 지르면서 욕을 퍼부었다. 남자는 어머니를 끌어안고 창피한 줄도 모르고, 사람 많은 운동장 가운데 앉아 엉엉 울었다. 운동회 구경 갔던 사람들이 '저게 무슨 짓이냐'고 떠들썩했다. 운동회는 멈추고, 사람들이 들어가 남자와 어머니를 데리고 밖으로 나갔다. 관중들은 저마다 혀를 끌끌 찼다.

"저게 무슨 짓이야? 혼내려면 집에서 혼내야지."

남자는 어려서 아버지가 끔찍하게 사랑해 주셨던 생각이 났다. 아버지가 좋은 것은 큰아들을 주었고, 어머니가 큰아들을 나무라면, 아버지가 화를 냈다. 아무도 큰아들에게 말을 함부로 하지 못하게 했다. 그때부터 어머니는 큰아들을 미워했던 것 같다. 아들이 결혼을 하니 어머니는 며느리에게 말도 아닌 억지를 부리고 미워했다. 시어머니가 며느리에게 여자로서 질투를 하는 것 같았다. 남자는 지난 일을 생각해 보니 자기가 죽기 전에는, 어머니의 마음을 돌이킬 수 없을 것 같았다. 여자는 들어오지 않았다.

"삘리리~~~ 삘리리~~~ 애절한 피리소리는 밤마다 사람들의 가슴 속을 울렸다.

암 병 동

암 병동

삐용~ 삐용~ 삐용~

잠자려고 눈을 감고 있는데, 병원으로 들어오는 구급차소리가 들린다. 또 다급한 환자가 들어오는 모양이다. 병동 안은 문이 조금 열려 있어 희미하게 복도에서 들어오는 불빛이 있을 뿐이다. 어느 커튼 안에서 코고는 소리가 들린다. 잠은 오지 않고, 아내가 메이커 옷을 샀다고 환하게 웃던 모습이 생각난다. 한숨이 나온다.

내가 이곳에 들어온 지도 한 달이 되었다. 그림 그리던 것을 마무리하려고 온 정성을 쏟고 있는데, 미술협회 회장님에게서 전화가 왔다.

"선생님, 아무 일 없지요? 아프시지는 않지요?"

바빠서 받지 않으려고 했지만 깜박 잊고 진동으로 하지 않은 핸드폰은 계속 울렸고 하는 수 없이 열어보니 회장님이다.

"아니요. 이 좋은 날에 왜 아파요. 아플 시간이 어디 있어요."

"아, 다행이다. 내가 선생님이 아프시다는 꿈을 연거푸 두 번이나 꾸어서 걱정이 되어서요."

"나 멀쩡합니다. 아주 못된 꿈이네요."

"알았어요. 선생님, 건강하세요."

"네, 고맙습니다. 회장님도 건강하십시오."

사실은 몸이 안 좋아 빨리 그림을 끝내려고 안간힘을 쓰고 있었다. 다른 날보다 더한 것은 아니지만 불안해서 서두르고 있는 중이었다. 전화를 받고 보니 몸이 더 피곤하고 힘들어 조금 쉬었다 하려고 안마기에 누웠다. 하루가 지나고 그림을 다시 검사하려다가 문득 손을 들여다보니 평소와 달리 손이 노랗다. 발을 보니 발도 노랗다. '왜 이렇지?' 아프기는 해도 손발이 노란 적은 없었다.

전화 받고 이틀째 되는 날, 아침에 밥이 먹기 싫어 누룽지를 끓였더니 맛이 없었다. 귀에서는 공장에서 기계가 돌아가는 것처럼 아주 요란하게 시끄러웠다. 내 몸에 이상이 있는 것 같았다. 이비인후과에 가야 하고, 고지혈증 약도 떨어져서 내과에도 가야 하는데, 다리가 후들후들 떨려서 갈 수 없었다. 가까운 거리인데 택시를 타고 갔더니 사람이 많았다. 앉아 있기가 힘이 들었지만 별말 없이 의사가 써준 처방전을 받아 가지고 약방에 가서 약을 타 가지고 온 것이 엊그제다. 잘 먹던 밥맛도 없어졌고, 누룽지도 싫고, 죽도 먹히지 않았다. 목에서는 역류증이 생겼고, 머리는 어지러웠다. 마음이 급해 그림을 그린다고 앉았지만, 제대로 색칠을 했는지 어떻게 그렸는지 기억도 없다. 정신이 없는 중이지만 미술협회에서 전시회를 하는데 약속을 지키기 위해 작품을 보내기는 했다. 그렇게 일주일이 지났다. 딸이 전화했을 때 내 대답 소리가 이상했는지 달려왔다. 평소에 내게 관심도 없는 것 같던 딸이 내 꼴을 보더니 제발 병원에 가자고 졸랐다. 나는 병원에 가지 않고 그림을 빨리 그려서 협회에 보내고, 60년 일기 쓴 것을 정리하고 싶었다. 이제는 걷기도 힘이 들었다. 딸이 119에 전화해서 대학 응급실에 왔다. 코로나19 때문에 보호자는 한 사람만 있으라는 규정에도 응급실은 시끄러웠다. 무슨 검사를 했는지 모르지만, 채혈을 하고, 피가 부족하다고 피를 몇 팩 넣었다고 했다. 나는 내 정신으로 있지 않아서 생각이 나지 않았다. 입원실이 나오지 않아 제대로 치료를 못하고 있었다. 가운데 칸에 있어서 더 시끄러운지 응급실은 안정되지 않은 느낌이었다. 마주 보이는 앞 칸의 할아버지는 건장한 아들이 돌보고 있지만, 나가야 일을 해서 돈을 번다고, 간호사들이 돌봐 주는 곳으로 가라고 하니까 할아버지가 싫다고 거부했다. 그곳에는 한 사람이 여러 사람을 간병하는 곳이라 돈이 덜 들고, 따로 간병인을 사면 돈이 더 든다고 했다. 아들딸이 많지만 다른 아들딸은 전화도 하지 않고 아주 연락을 끊어서 막내아들과 살았다고 했다. 그 아들은 돈을 벌어야 하는데 난감하다고 했다. 당장 돈 벌어야 병원비를 낼 것이라고 아들이 말했다.

응급실에서 일주일 만에 혈액암 병동으로 옮겼다. 2년 전에 혈액암 진단을 받았지만, 치료하지 않으려고 지금까지 병원에 오지 않고 있었다. 5인 병실인데, 처음 보는 사람들이라 낯설어, 창가로 지정된 것이 그나마 다행스러웠다. 나보다 나이가 더 많은 사람도 있고 젊은 사람들도 있다. 모두가 인사를 하고, 전에 알고 지냈던 사람들처럼 편안하게 대해 주었다. 옆 칸에는 중년 남자가 있다. 머리에 모자를 쓴 중년 남자는 머리털이 없는데도 아주 미남이었다. 저렇게 젊은 남자가 왜 이런 병동에 왔을까? 식사 때가 되니 집에서 가져온 반찬들을 나눠 주었지만 나는 그런 음식을 먹을 수 없었다. 익은 반찬과 숟가락도 소독해서 가져왔다. 환자 옆에는 간병인이 한 사람씩 있다.

암 환자들이라 모두 어두운 얼굴이려니 생각했지만, 커튼 열고 말할 때는 모두 밝은 얼굴이었다.

'뭐지?'

그렇지만 아주 어쩌다 커튼 속에서 신음소리가 들리기는 했다. 다시 피 뽑고, 주사 놓고 했지만 아무 생각도 나지 않았다. 다만, 피를 많이 투입했다는 것만 알았다. 핸드폰에서 나는 카톡카톡 소리를 듣고 읽었지만 손가락이 부어서 글을 쓸 수 없었다. 빈혈 수치가 너무 낮아 수혈을 많이 해서인지 손과 다리가 많이 부어서 부기를 뺀다고, 무슨 물을 계속 투여해서 자주 화장실에 갔다. 그 대신 귀에서 시끄럽게 울리던 이명이 없어졌다. 밤새 화장실을 자주 가지만 어느 누구도 불평하는 사람은 없었다. 나는 화장실 갈 때마다 사람들에게 미안했다. 그때마다 딸이 잠을 안 자고 부축해서 화장실에 같이 가 주었다. 처음 항암주사를 한 시간 정도 맞고 결과를 보느라고 중단한 모양이었다. 조금 있더니 몸이 춥고 이빨이 딱딱 부딪는 소리가 났다. 이불을 뒤집어쓰고, 옷을 몇 벌 껴입고 입을 오므려 봤지만 이빨 부딪는 소리는 멈추지 않았다. 딸은 잠깐 나가 있었고 나는 호출단추를 눌러 누구를 불러야 한다는 생각도 못하고 떨고만 있었다. 의사가 와서 어떠냐고 해서 춥다고 했더니 한 시간을 쉬고 다시 주사를 놨다. 그때는 괜찮았다. 그렇게 쉬어가면서 세 번에 걸쳐 1차 항암주사를 맞았다. 새벽 5시만 되면, 주사 놓으러 오고, 혈압 재러 와서 산소호흡기도 점검하고, 몸무게 재러 갔다 오고, 7시가 지나면 아침밥이 들어왔다. 그때 혈액암 과장의사 선생님이 왔다. 과장의사는 내가 다른 병원에서 골수 검사하고 왔다고 좋아하지 않았다. 아마도 비교할까 봐, 그런 것 같았다. 나는 치료하지 않으려고 했지만, 병명은 제대로 알고 싶어서 동네 단골 의사 선생님이 권하는 곳에 가서 진단받고 골수 검사를 받았다. 이곳은 검사하려면 3일을 입원해야 한다 하지만, 그곳은 입원하지 않아도 된다고 해서 그곳에서 검사를 받았다. 그곳에서 검사결과는 나왔는데, 치료받지 않는다고 했더니 "그럼 검사는 왜 했느냐?"고 하는데 그 뒤로 병원에 가지 않았다. 결국 죽게 생기니까 급해서 119를 불러 아플 때마다 자주 오는 이곳 대학병원으로 왔다.

 나는 병을 낫겠다는 마음보다는 내가 시작한 일기 정리를 다 하고, 쓰기 시작한 단편 소설집을 출간하고 죽고 싶었다. 그림은 전시회에 내는 것으로 그만할 생각이었다. 정신없이 바쁘게 했지만, 다하지 못하고 이곳에 왔다. 채혈하고, 초음파 검사하고, CT 찍고, 소변 검사하고, X레이는 수시로 찍고, 이것저것 검사하는 것이 많았다. 그럴 때마다 침대차를 타고 9층에서 지하실로 갔지만, 몸이 조금 나아지면서 딸이 휠체어를 밀고 다녔다. 세 끼 죽만 가져왔다. 죽 두 그릇씩 가져오니 나는 한 그릇만 먹었다. 반찬은 육류, 어류. 국, 채소와 골고루 갖춰서 왔다. 충분히 영양 보충을 할 수 있겠다. 집에서는 시간이 없어 대충 먹고, 그림을 그리고, 일기를 정리하려고 했다. 산소가 부족하다고 코에 산소호흡기 꽂아서 밥 먹을 때도, 화장실 갈 때도, 호흡기를 뺏다 꼈다 반복했다. 불편해서 빼려고 했지만 빼면 당장 숨쉬기가 안 좋았다. 검사하면 산소가 부족하다고 해서 할 수 없이 낮이나 밤이나 산소호흡기를 꽂고 살았다.

　나를 맡은 담당의사 교수가 다행히 친절하고 병이 완쾌할 수 있다는 믿음을 주었다. 걱정하지 말라느니, 낫게 해준다는 달콤한 말은 하지 않았는데, 믿음과 존경심을 갖게 했다. 말은 많지 않지만 알아듣기 쉽게 설명해 주고 자상한 어머니 같은 느낌을 주었다. 2년 전, 내가 처음 이 교수를 만났을 때, 믿음을 갖게 됐다. 검사가 없을 때는 가만히 누워있었다. 환자들과 보호자들이 커튼을 열고 서로 재미있는 이야기를 하고, 먹을 것도 나눠 먹고 아주 평화로웠다. 마음을 비워서 욕심이 없어서일까? 이곳이 천당인 것 같았다.

　나는 열심히 일했다. 도배 일을 하는데 남들은 일거리가 없다고 하지만, 나는 일거리가 많아서 굉장히 바빴다. 집에 오면 아무도 없지만 무슨 다른 생각할 여유도 없이 샤워하고 아침에 해 놓은 밥을 먹고 잤다.

　나는 시골에서 고등학교를 졸업했다. 군대 갔다 와서 서울에 올라와 취직하려고 했지만 취직이 되지 않았다. 그러다가 친구가 도배 일을 하는데 밥값이라도 하려고 따라다녔다. 처음에는 할 줄 몰라 지청구만 먹고 힘들어 못하겠다고 생각했지만 다른 곳에 갈 데도 없어 날마다 꾸중 듣는 것을 참고 열심히 배웠다. 돈을 벌다 보니 재미가 났다. 다른 일은 이제 할 수가 없고 기술이 늘어나니 일이 수월해지기 시작했다. 전세도 얻고 나 혼자 살 수 있게 되었다. 그렇게 몇 년 하고 나니 신용도 얻어서 쉬는 날이 없었다. 결혼하라고 했지만 집부터 사려고 참았다. 조그만 집을 사고 지물포에서 중매한 여자를 만나 보니, 명랑하고 참해 보여서 결혼했다. 돈을 벌면 무조건 아내에게 모두 갖다 주었다. 일 끝나고 집에 가면 아내가 찌개를 끓여놓고 기다릴 생각에 술 한 잔 하고 가자고 하는 친구의 권유를 팽개치고 집으로 달려갔다. 꿈같은 날들이었다. 결혼하기를 참 잘했다고 생각했다. 그런데 어머니가 병원에 입원했다고 해서, 아내에게 돈을 달라고 했더니 무슨 돈이 있느냐고 대답했다. 나는 술 한 잔도 먹지 않고 아내에게 맡겼는데, 돈이 없다는 아내의 말에 충격을 받았다. 내가 맡긴 그 돈을 다 어디다 썼단 말인가? 어이가 없었다.

"내가 갖다 준돈 다 어쨌어?"

"썼지요. 그게 몇 푼이나 되는데."

"어디다 썼는데?"

"쓸데다 썼지. 무슨 남자가 좁쌀같이 여자가 돈 쓰는 것을 꼬치꼬치 캐물어요?"

"그래도 내가 돈 벌어오면 어디다 어떻게 쓰는지 알아야 할 게 아니야."

"그까짓 몇 푼 주었다고 따져요?"

"몇 푼? 이제부터는 어디다 썼는지 가계부에 적지 않으면 돈 주지 못해."

아내는 나하고 다른 생각을 가진 여자였다. 나는 알뜰하게 쓰고 돈 모아서 나중에 편안하게 살고 싶었다. 그런데 아내는 돈만 보면, 저축할 줄을 모르고 다 쓰는 성격이었다. 열심히 일하고 힘들게 집에 와 보면, 새로 산 가구가 있거나 비싼 그릇들이 있었다.

"장롱을 바꾸었네. 먼저 것은 어쩌고?"

"버렸지요."

"돈이 어디 있어서?"

"월부로 샀어요. 예쁘지요? 그치?"

"예쁘기는 한데. 이러면 우리 돈 못 모으고 살아."

"그래도 지저분하게 살 수는 없잖아요."

며칠 있다가 아내가 예쁜 옷을 샀다고 자랑했다.

"이 옷 예쁘죠? 20% 세일해서 샀는데, 사람들이 너무 싸다면서 잘 샀다고 했어요. 나더러 보는 눈이 있다고 하더라구요. 나도 제 값 주고는 못 사지. 그치, 싸죠?"

"돈은 어떡하고?"

"내가 누구요. 3개월 월부로 샀지요."

아내는 아주 싸게 샀다고 기분 좋아하는데, 나는 걱정이 되었다. 돈 모아서 번듯한 집을 사서 늘려 나가고 싶었다. 자식 낳으면 고생시키지 않고, 잘 키워 내가 못간 대학도 보내고 싶었는데 아내는 그런 걱정이 없었다.

아내가 임신했다. 나는 아기를 낳으면, 아기 아버지가 된다는 기쁨에 눈물이 나왔다. 일 끝나면, 곧장 집으로 달렸다. 아내는 임신했는데도, 비싼 옷을 몇 벌이나 사 입고, 아기 용품도 이름 있는 메이커 상품으로만 샀다. 나는 하루 벌어, 하루 사는 가난한 노동자라 알뜰하게 살아야 저축이 가능한 처지다. 아내가 물건을 사올 때마다, 가슴이 철렁 내려앉아 밥맛도 없어졌다. 게다가 아내는 장모 옷도 메이커가 있는 것만 사 주었다.

내게 상의도 하지 않고 백화점 가서 장모가 옷 사달라고 하면, 장모가 고르는 옷을 겁도 없이 자주 사주었다.

"엄마 투피스 하나 사드렸어요?"

"잘했어. 얼만데?"

"옷값이 비싸서 30% 세일 하는데 가서 사 드렸어. 그래도 비싼 것을 사드려야 당신 체면이 서지. 싼 것을 사 드릴 수가 없더라구. 여보, 고마워요."

아내는 나를 꼭 껴안더니 얼굴에 뽀뽀해 주었다. 아내가 기분 좋아하는데 나도 그렇게 살고 싶지만, 내 힘으로는 감당할 수 없었다. 내가 능력 없는 것이 속이 상했다. 그렇지만 많이 못 벌어도 알뜰하게 돈 모아서 살고 싶었다. 이러다가는 좀 더 큰집으로 늘려서 가려고 했는데 다 틀렸다 싶었다. 아내는 자고 새면 돈 쓸 궁리만 했다. 장모 옷도 자주 사주지만, 장모가 사달라고 하는 것인지 아내가 장모를 사 주는 것인지, 내가 버는 것으로는 감당할 수 없었다.

아내가 예쁜 드레스를 입고 환하게 웃으면서 드레스 자랑을 했다.

"드레스가 싸기에 샀어요. 예쁘지. 그치?"

돈 걱정하면서 꿈을 깼다. 꿈 생각을 하면서 누워 있는데 밖이 환한 것 같다. 밥해 먹고 화초에 물 줘야지, 하고 시계를 보니 6시다.

'아! 여기는 병원이지'

아침이 아니라 오후 6시다. 웃음이 나왔다. 결혼하고 아내가 밥해서 상을 차려주던 생각이 났다. 다음 순간, 머리를 도리질했다.

건너편 할아버지는 부인과 휴게실에 갔나? 보이지 않는다. 나이가 나보다 열 살은 더 먹은 모양이다. 할아버지는 술 잘 먹고, 놀기 좋아해서 돈을 모을 수가 없는데, 부인이 부업도 하고 알뜰하게 모아서 지금은 생활비 걱정 없이 산다고 자랑했다. 할아버지는 자식들 모두 잘 길러 결혼해서 살고 있고 지금은 부인과 둘이서만 산다고 했다. 지금도 부인은 할아버지가 아프면 좋다는 것은 다 해다 주면서 열심히 간호해 준다고 했다.

"젊어서 속을 썩였으면 늙어서라도 건강해서 나를 도와주어야 하는 것 아냐?"

"그러게 그때 나가지. 누가 나가지 말라고 했어."

"어이구, 잘못했다고는 않고 나더러 나가지 않았다고? 하긴 지금 살아 있는 것만 해도 고맙지."

"……."

가끔 푸념을 하기도 하지만 할아버지는 벼룩도 낯짝이 있지,

할 말이 없어 못 들은 척한다고 했다. 참 행복한 할아버지구나 생각했다. 병실에서도 둘이서 도란도란 이야기 소리가 들렸다. 50대는 소설 쓰는 작가라고 했다. 대기업에 다니다가 명예퇴직 하고 집에서 글만 썼다고 했다. 아내가, 남편이 집에만 있어 답답하고 열불난다고 밖으로 나다니더니, 바람이 나서 집을 나갔다고 했다. 그는 아주 편하다고 했다. 돈 달라는 잔소리에 지쳤다고 했다. 누구네 남편은 사업을 해서 돈 잘 벌어 아내를 호강시키고 비싼 가방도 잘 사준다고 부럽다는 말도 듣기 지겨웠다고 했다. 자기는 이 꼴이 뭐냐고 날마다 볶아대서 힘들었다고 했다.

아내가 장모 옷을 사드리자고 해서, 나중에 하자고 지금은 돈이 없다고 했더니 아내가 나를 거지로 취급했다.

"우리 엄마 옷 해드리는 것이 싫은 거지? 그러면 왜 장가는 들었어. 나는 장모 옷 하나 못해 드리는 거지와 결혼했다는 말인가?"

"나는 내 옷도 반반한 것이 없어."

"누가 해 입지 말랬어? 그러니까 나는 거지 같은 당신과 같이 다니기 싫어. 나는 이렇게는 못 살아요. 남편이 몇 푼이나 준다고 아내가 쓰는 것을 일일이 따지고, 옷 하나도 제대로 못

사 입고, 밖에 나가려면 창피해서 못 살겠어."

"그럼 나더러 어떡하라고? 나는 능력이 없어서 죽도록 일해도 더 이상 벌지 못하는 것을 어떻게 해. 도둑질은 할 수 없고!"

"나는 돈 없이 이렇게는 못 살아."

아내가 짐을 싸가지고 나갔다. 하루쯤 친정에라도 갔다가 들어오겠지 했지만, 이튿날 아내는 들어오지 않았다. 사흘째 되는 날, 장모에게서 전화가 왔다. 전화를 받았더니 귀청이 뚫어질 것 같았다.

"자네, 뭐가 그렇게 잘나서 아내를 내쫓나? 돈 못 벌어도 아내는 아낄 줄 알아야지. 무얼 잘했다고 여자에게 함부로 해."

"제가 언제 아내를 내쫓았습니까? 자기가 제 발로 나갔지요."

"내 딸이 뭘 잘못해서, 돈 안 주는데 어떻게 살아. 병신 같은 것이."

"그래요. 저는 병신이라 돈을 못 벌어요. 그럼 장모님은 제게 뭘 해줬지요?"

"뭐야? 오냐 오냐 하니까, 이게 말을 함부로 해!"

장모에게 병신 소리를 듣고 속이 상해서 잘 먹지도 못하는 소주를 사 가지고 와서 한 잔 따라 마시려고 하는데, 초인종 소리가 났다. 장모가 들어왔다. 들어오자마자 당장 내 **뺨**을 세게 때렸다. 그러더니 소주병을 빼앗아 방바닥에 내동댕이쳤다. 소주병은 산산 조각이 났고, 방바닥은 아수라장이 되었다.

"뭣이라고? 내가, 네게 뭐 해준 것 있느냐고? 네가, 내게 뭐 해준 것 있니? 집을 사 주었니, 땅을 사주었니? 내게 뭘 바라는 거야? 어디, 그 잘난 주둥아리로 말 좀 해봐라."

"제가 언제 장모님 집 사 드린다고 했나요? 땅 사 드린다고 했나요? 그리고 왜 저를 때리죠? 제가 무얼 잘못했지요?"

"아주 보이는 것이 없구먼. 잘못한 것이 없다고? 제 아내가 옷 하나 사 입는데도 꼭 보고를 하고 사 입으라고. 이 세상 천지에 옷 하나 사 입으면서 남편에게 일일이 보고하고 사 입는 여자가 어디 있니? 아내 옷 하나 사 입히지 못할 테면 왜 장가는 들었냐? 아내 옷도 못 사 주는 거지가 결혼은 왜 하고, 임신은 왜 시키고, 새끼를 낳아서 무슨 고생을 시키려고 낳으려고 하나? 새끼 신세까지 망칠 병신이."

말끝마다 병신이라고 했다.

"제가 그 사람을 굶겼습니까? 저는 더 이상은 못합니다."

"내 딸은 그렇게는 못 사니까 알아서 해."

"저도 더 이상은 못합니다."

"이혼하면 이 집은 물론, 내 딸에게 위자료를 주어야 할 걸세."

"이 집은 결혼 전에 제가 벌어서 샀고, 위자료는 없습니다. 그 여자가 돈을 다 써서 돈이 없습니다."

"새끼는 낳아서 어쩔 것이고? 그렇게는 안 될 걸세."

"마음대로 하십시오."

장모는 난리를 치고 갔다. 아내는 오지도 않고, 장모는 전화로 돈 부치라고 하고, 집으로 찾아와서 난리 치고 욕을 하지만, 꾹 참고 못 들은 척했다. 사는 것이 힘들었다. 아내가 아기를 낳았다고 해서 병원에 갔다. 눈을 감고 있는 아기가 내 자식이라고 생각하니 아버지가 되었다고 가슴이 벅찼다. 일이 끝나면, 날마다 찾아갔다. 병원비와 산후조리원에 들어간 돈을 기쁜 마음으로 주었다. 아기는 입을 오물오물하기도 하고, 씽긋 웃기도 하는데, 배안에서 하던 짓이라고 했다. 손을 만져 보니 따뜻했다. 조그만 손가락이 부러질까 봐, 조심스럽게 만졌다. 이 아기가 내 딸이구나 생각하니 가슴이 뛰었다. 잘 길러야 하는데 걱정되었다. 장모가 사 달라는 메이커 옷과 가방도 사 주었다. 나는 사실 제대로 된 옷 한 벌이 없다. 아내는 조리원에서 나왔지만 집에 오지 않았다. 할 수 없이 찾아가면 돈만 달라고 해서 집에 가자고 했더니, 안 온다고 했다. 나는 아기가 보고 싶지만, 처갓집에 가지 않았다. 장모가 돈을 달라고 했다. 같이 살지 않으면 돈을 줄 수 없다고 했다.

"뭐야? 네 새끼는 어쩌구?"

"제 새끼니까 제가 키워야지요."

"그럼 일할 사람을 불러주든지. 우리 딸 혼자 아기 봐 줄 수 없네."

"그렇게 하고 싶지만 제가 능력이 없습니다. 죄송합니다."

장모가 욕을 퍼붓는데 돈 없는 죄인이라 그 욕을 다 받아먹었다.

기어이 장모가 원하는 대로 아내와 이혼하고, 딸이 있어서 집을 팔아 반은 아내한테 주고 나는 전세방을 얻었다. 그동안 집값이 많이 올랐지만, 팔기 싫은 것을 할 수 없이 팔았다. 양육비를 달라고 해서 줄 수 없다고 했더니, 일 년이 지나서 아내가 왔다. 이미 이혼 서류는 끝났지만, 아기 때문에 받아들였다. 아기는 내 딸이기에 잘 키우겠다고 다짐했다. 아기는 정말 예뻤다. 아내는 아기 키우는데 재미가 났는지, 한동안 말이 없었다. 정신 차렸다고 생각했다. 다시 호적에 올려 달라고 했다. 돈 가지고 간 것을 가져오면, 호적에 올려준다고 했다. 딸이 유아원에 가면서 아내는 또 다시 비싼 옷과 가방을 사 달라고 짜증을 부리기 시작했다. 그 옷과 가방은 비싸서 내가 감당하기가 어려웠다. 딸의 재롱을 보고 싶은데, 아내 얼굴만 생각하면 집에 들어가기가 무서웠다. 나만 보면 돈 달라고 해서 꼭 필요한 돈만 주었다. 아내와 나는 지긋지긋하게 싸워가면서 살았다. 딸이 유치원에 가고 나니, 아내는 더욱 짜증을 부렸다. 날마다 싸웠다. 아내는 화장을 짙게 하고 늦게 들어오기 시작하더니 밥도 해 줄 생각을 하지 않았다. 싸우는 것이 지겨워서 말도 하지 않았다. 그러더니 아내는 아예 들어오지 않았다. 차라리 편했다. 나는 딸을 키우기 위해서 돈을 모아야 했다.

나는 열심히 일해서 모은 돈과, 은행에서 대출을 받아 조그만 아파트를 샀다. 딸은 제 어미를 닮았는지 비싼 것만 사려고 하고, 내게 짜증만 부렸다. 딸을 잘 키우려고 했지만 자라면서 돈만 달라고 했다. 공부하라고 하면, 공부하면 뭐하느냐고, 공부가 되느냐고 했다.

"왜, 공부가 안 되는데?"

물었더니, 엄마도 없고 무슨 마음으로 공부하느냐고 신경질을 부렸다.

"그럼 공부 않고, 앞으로 뭐하려고 그러는데?"

"아빠는 엄마를 내쫓고, 나도 쫓아낼 건가요? 아빠는 아빠가 아니에요. 나를 이렇게 만들고 내 생전 원수예요."

제 어미가 그랬듯이 딸도 내 속을 뒤집어 놓았다.

"내가 엄마를 내쫓았니? 엄마가 아빠 싫다고 나갔잖아. 나도 네 엄마가 원수다."

"듣기 싫어요. 아빠가 엄마에게 돈을 주지 않으니 살 수 없어서 나갔잖아요?"

"나는, 더 많이 돈 벌 재주도 없고, 도둑질할 재주도 없고, 엄마가 아빠 수입 한도 내에서 써야 하는데, 엄마는 부잣집처럼 쓰려고 하니 내가 감당할 수 없었다. 나는 내 힘으로 어떻게 할 수 없었다. 나도 이제 살기 싫다. 자식조차 내 마음을 몰라주고….''

"그럼, 결혼하지 말지, 왜 결혼은 했어요?"

"그래, 결혼하지 말았어야 했는데, 몰라서 결혼했다."

"그건 아빠 책임이지. 왜 자식까지 낳아서 고생시켜요?"

"네게는 미안하다. 그렇지만 이제 와서 죽을 수도 없고, 어떡하니?"

"자식을 낳아놓고 죽는다고? 자식 앞에서 그렇게 말하는 아빠가 어디 있어요. 책임 회피만 하고."

"……."

울컥해서 딸 앞에서 울음이 나오는 것을 참느라고 애썼다. 딸은 나에게 악을 쓰고 대들었다.

"엄마는 아빠 잘못 만나서 나간 거예요…."

딸은 나를 이해하지 못했다. 마음은 딸이 해달라는 것을 다 해주고 싶었다. 딸은 사춘기가 되면서부터 내게 신경질만 부렸다. 툭하면 엄마를 내쫓은 아빠라고 비난했다. 대학 가라고 했더니 엄마도 없는 팔자에 대학은 가서 뭐하느냐고? 고등학교 졸업하고, 대학을 가지 않고 빈둥거리면서 돈만 달라고 했다. 날마다 짜증만 부리고, 나를 무슨 짐승 쳐다보듯 했다. 이제는 자식조차 사람 취급을 하지 않으니 팔자라고 해도 너무 속이 상해서 살기가 싫었다. 그렇다고 내가 죽으면 내 딸이 무슨 꼴이 되나 싶어, 죽을 수도 없었다.

   딸이 변했다. 고등학교 졸업하고 반 년 동안 빈둥거리던 딸이, 대학을 간다고 했다. 이제 무슨 대학을 간다고 하나? 며칠만 공부하고 포기하겠지, 믿지 못하면서 아무 말하지 않고 기다렸다. 그렇게 속을 썩이면서도 공부는 했는지 학교 성적은 나쁘지 않았다. 딸은 몇 달이 되어도 그만둔다고 하지 않고, 학원을 다니고 집에서 죽치고 잠을 안자고 공부했다. 밤 12시가 되어 딸의 방을 보면 불이 켜져 있고, 새벽 일찍 일어나 도서실에 갔다. 저러다 병이라도 나는 게 아닌가 걱정되었다. 돈 달라고만 하던 딸이 옷 사 달라고도 않고, 입던 옷만 입고 일 년이 넘는 동안 공부만 했다. 생각보다 점수가 좋아서 딸이 원하는 대학에 들어갔다. 욕심 부리지 않고 점수에 맞게 대학에 가더니 방학에는 아르바이트 해서 용돈도 벌어 쓰고, 좋은 성적으로 졸업해서 취직도 했다. 무슨 일로 마음이 변했는지 별일도 다 있다 싶었다. 취직하고 남자 친구를 데리고 와서 인사를 시키는데, 내 마음에 쏙 들었다. 예의 바르고 직장도 마음에 들었다. 딸이 결혼했다. 엄마가 없지만, 내 수준에 맞추어 만족스럽지는 않아도, 내 깜냥대로 혼수를 해주었다. 사위와 딸은, 내 처지를 알아서 많이 바라지 않았다. 딸이 결혼하고 아기를 낳았다. 정말 눈에 넣어도 아프지 않다는 말을 실감했다.

딸이 나더러 재혼하라고 했다. 나는 이제 결혼하고 싶은 마음이 없다. 가끔 밥도 같이 먹고 차를 한 잔씩 마시는 여자들은 있지만, 같이 살고 싶은 마음은 없다. 혼자 살아보니 내 마음대로 할 수 있고, 시비 거는 사람이 없으니 자유롭기만 했다. 시간이 나면 문화원에 가서 그림을 배웠다. 내가 하고 싶은 그림을 그리다 보니 사는 재미가 났다. 거실 벽에는 그림이 꽉 차 있다. 액자가 늘어날 때마다 나도 모르게 즐거운 노래가 나왔다. 내가 멋져 보이고 내가 위대해 보이기까지 했다. 선생님이 잘한다고 칭찬했다. 가슴이 뿌듯했고, 사는 것이 즐거웠다. 그러다가 시를 쓰고 소설도 쓰게 되었다. 시간만 나면 그림도 그리고 소설을 썼다. 내가 어려서 하고 싶었던 글을 쓰니 사는 맛을 알게 되었다.

복에 겨우면 병이 나는 모양이다. 병원에서 퇴원하고, 딸은 날마다 전화 오고 먹을 것도 자주 사왔다. 아내는 내가 싫다고 나가서 재혼했다고 하더니, 남편이 사나워서 친정에도 못 간다고 들었다. 딸과도 자주 연락하지 못하는 모양이었다. 올 줄 알았던 아내는 딸 결혼식에 코빼기도 보이지 않았다. 아내는 자기와 맞지 않는 나를 만나서 고생했다고 하겠지만, 나는 그때를 두 번 다시 생각하기도 싫다. 아내는 딸 결혼식에도 오지 않더니, 몇 년 전에 죽었다고 들었다.

딸은 전화를 자주 하지 않았다. 정말 보고 싶어 눈물이 나올 때도 있었지만, 사정이 있으니까 그러려니 하고 욕심을 버리기로 했다. 딸의 인생에 내가 걸림돌이 되면 안 된다고 생각했다. 몇 달이 되어도 소식이 없을 때도 있었다. 어쩌다 전화하는 중에 하고 싶지도 듣고 싶지 않은 아내 말이 나오면, 꼬투리 잡혀 욕먹을까 봐, 겁이 나서 내가 먼저 전화하지 않았다. 내 딸이 있다는 것만으로 마음의 위안을 받았다. 손자들을 생각하면 그냥 즐거웠다. 생일이나 명절이 되면, 손자들에게 용돈을 주고 학교에 갈 때도 학비를 보태주었다. 손자들 주는 것은 아까운 것이 없었다. 많이 주고 싶지만 그럴 만한 능력이 없는 것이 안타까울 뿐이었다.

"그래 봤자, 다 소용없다. 손자 새끼들 올 때마다 돈만 달라고 하고, 아들은 집 팔아서 제 사업자금 대 달라나. 날마다 졸라대서 미친다."

"그거 주면 안 된다. 주었다가 나중에는 거지 취급 당한다."

"지가 모신다고 하면서 부모가 자식이 사업 자금이 부족하다는데 안 도와 주느냐고 하는데, 나 힘들다. 이꼴 저꼴 안 보고, 죽고 싶다."

"야! 만득이 못 봤냐? 그렇게 잘살던 애가 정치한다고 큰아들이 다 뜯어가고, 의사라는 작은아들이 같이 살자고 해서 합치더니 그 꼴이 뭐냐? 걔, 여기도 돈이 없어 못 오고 있잖니. 그 많은 땅 모두 팔고, 강남에 있는 빌딩까지 팔아서 다 나눠주고, 하나 남은 집마저 털어주고 울었었지. 아이구, 불쌍해라, 저는 점심도 제대로 못 먹고 모아서 땅 사고, 빌딩 사고, 부자 되었다고 떵떵거리더니, 너도 잘 생각해라."

"정말 안 됐다. 어려서 부모 잃고 고생도 많이 했는데…."

"아들이 수중에 있는 돈 다 맡기라고 해서 다 털리고, 돈 좀 달라고 하면, 아버지가 무슨 돈이 필요하냐고 하더란다."

친구들이 모이면 하는 소리다. 나는 잘살았던, 못살았던, 이 나이까지 살았으면 됐지, 무슨 욕심으로 더 살려고 하는가! 내가 하고 싶은 것을 다하고 내 힘으로 벌어서 내가 움직일 수 있을 때, 편안하게 죽게 해달라고 부처님께 빌었다. 하나밖에 없는 딸, 잘 살게 해달라고 하느님께 간절히 빌었다.

　나는 열심히 살았다. 많지는 않지만, 국민연금도 달마다 나오고, 모아놓은 돈도 알뜰하게 쓰면 내가 죽기 전까지 쓸 돈은 은행에 있다. 친구들과 밥을 사거나 술 한 잔 할 때는 부담 없이 쓸 수 있다. 병원에도 가지 않고 그냥 죽으려고 했지만, 딸이 119를 불러서 병원에 입원시켰다. 딸은 남자들이 있는 곳에서 잠을 제대로 못 자면서 간병을 감당했다. 입원하고 있는 동안 목욕을 못해, 몸이 가려워 미칠 지경이었다. 딸이 팬티만 입게 하고, 목욕을 시켜주니 거짓말같이 가려운 것이 없어졌다. 병원에 갈 때마다, 딸이 승용차에 태워 가고, 오고 해 주어서 6차까지 항암주사를 다 맞았다. 갈 때마다 이틀씩 입원해야 했다. 딸은 그때마다 간병을 해주고 병원비를 계산했다. 2년 전 병명이 나왔을 때, 딸은 "그 병은 약도 없다네요."했다. 약 먹어야 소용없으니 약 먹을 생각은 하지 말고 죽기만 기다리라는 것인지, 진작 삶을 포기하라는 뜻인지, 분간이 안 갔다. 나는 진작 삶을 포기하고 있었지만, 딸이 살려주려고 노력은 하지 않고 그런 말을 내 앞에서 하니 서운했다. 그렇게 말하던 딸이 비싸기도 하지만, 간병인을 사지 않고, 끝까지 따라다니면서 내가 신경 쓰지 않게 해주어서 편안했다. 게다가 나는 입원하기 전날 병원에 가서 코로나 검사하고, 딸도 이틀 전에 검사해서 정상이라는 통보가 있어야 병원에 들어갈 수 있었다. 병실이 나오지 않아서 더 기다리기도 하고 내 상태가 안 좋아서 병원에 더 입원하기도 했지만 딸은 신경질을 부리지도 않았다. 내가 신경 쓰지 않도록 딸이 쫓아다니면서 고생 많이 했다. 항암 치료하면서 퇴원해 집에 있는 동안, 일기 정리를 계속했다. 일기 정리를 다 하고 전에 써 놨던 장편소설을 끝냈고, 단편 소설집을 출간했다.

아내가 죽기 전에 전화 와서 돈을 빌려 달라고 사정했다. 돈 없다고 했더니 욕을 퍼부었다. 그것도 엄청나게 큰돈을 울면서 빌려 달라고 사정했지만, 내게 그렇게 큰돈은 있지도 않았다. 딸에게 전화한다고 해서 안 된다고 했더니 "네까짓 놈이 무슨 상관이냐."고 소리쳤다. 연락하지 않았던 딸에게도 전화했는데, 딸은 이제 와서 무슨 낯으로 전화하느냐고 소리쳐서 전화를 끊었다고 들었다. 나는 눈만 뜨면 컴퓨터 앞에 앉았다. 딸은 병이 낫지 않을까 봐, 일기 정리를 하지 말라고 했지만, 나는 지난 일을 생각하면 너무 힘들어 청심환을 먹어가며 죽을힘을 다해서 썼다. 딸은 빨리 회복되라고 소고기와 닭발과 장어와 좋다는 것은 다 사다 주었다. 횡성 안심이라고 사왔는데 입에서 살살 녹았다. 송이버섯을 사다 주고 제주 갈치도 사왔다. 내가 태어나서 처음 보는 큰 것이었다. 정말 맛도 좋았다. 내가 이렇게 비싼 것을 왜 사왔느냐고 하면 선물로 들어왔다고 했다. 선물로 들어왔으면, 내게 주지 않고 제 식구들이나 먹으면 되지만 나를 생각하고 가져왔다. 나는 그렇게 비싼 것들은 돈이 아까워서 절대로 사 먹지 못한다. 고마워서 눈물이 나왔다. 나는 딸에게 남처럼 잘해주지 못해서 미안했지만, 나쁜 길로 가지 않고 잘 자라주어서 고맙기만 했다. 퇴원하고 딸은 김치를 담가 오고, 여러 가지 반찬을 해 와서 내가 시장을 가지 않아도 되었다.

"아빠, 뭐해요. 밥 먹었어?"

"지금 먹고 있어. 네가 해온 김치가 맛있어서 잘 먹는다. 어쩜 이렇게 맛있니?"

"내 솜씨 좋잖아. 지금 가도 돼요? 뭐 사갈까. 소고기 사갈까?"

"아니 먼저 사온 것도 남았어."

"또 사다 드릴 테니 아끼지 말고 많이 잡수셔요."

"아끼지 않아. 아이들은 학교에 잘 다니고?"

"그럼요. 나처럼 빈둥거리지 않고, 이 서방 닮아서 공부도 열심히 잘해요. 아빠, 고마워요. 내가 속 썩여도 다 받아주고, 나 지금 갈게…."

딸이 전화하는데 손자가 핸드폰을 빼앗았나 보다.
"할아버지, 사랑해요."

아들

아들

　오랜만에 휴가를 받아 그리운 가족이 있는 서울 집에 왔다. 차를 몰고 집에 가면서 차창 밖을 내다보니, 지나치는 산과 들과 나무들이 아름다워서 내가 이렇게 좋은 나라에서 산다는 것이 행복하기만 했다. 파란 하늘도 나를 보고 밝게 웃는 것 같다. 흥얼흥얼 노래를 불렀다. 전에는, 몸은 피곤하고 마음이 바빠서 차창 밖을 내다봐도 아름다움을 모르고 살았다. 날마다 고단하고 힘들어 어린아이처럼 가족을 만나서 위안을 받고 싶고 푹 쉬고 싶었다. 오늘은 맑은 공기와 자연의 아름다움이 마음으로 느껴졌다. 내가 이제 늙었나 보다. 군대에 들어와서 군기에 맞추어 살다 보니 하루하루가 힘들고 편안할 여유가 없었다. 상관의 명령에 복종하고, 부하들을 돌보면서도 무슨 사고라도 생길까 염려스러워 경직된 마음이었다. 잠자리에 들어서도 여차 하면 뛰어나갈 긴장상태로 편안하게 잠을 잔 적이 없었다.

 그렇게 수십 년을 지나다보니 나이만 먹고 지금까지 무엇을 했나 의문이 들었다. 나라를 잘 지켜야 한다는 의무감으로만 살았지, 내 개인의 생활이 없었다. 우리 아파트가 가까워질수록 가족을 만난다는 기쁨에 가슴이 설레었다. 집에 도착하니 휑하니 아무도 없지만 마음이 편안해졌다. 내 가족이 있는 이곳이 지상낙원이었다. 이렇게 좋은 곳을 그리워하며 이곳을 지키기 위해서 나는 힘든 것을 이기고 지금까지 살 수 있었다. 누가 먼저 들어올까? 나를 보면 얼마나 반가워할까? 혼자서 즐거운 웃음이 절로 나왔다. 어떤 태도를 할까? 별별 생각을 다 해가면서 기다리는데, 금방 들어오는 사람이 없다. 한 시간, 두 시간 기다리다 보니 조바심이 났다. 드디어 현관문 여는 소리가 났다. 늠름하고 훤칠한 사랑하는 내 아들이 들어왔다. 가슴이 부풀어 올랐다. 손도장만 찍어 지문으로 현관문을 열고 조용하게 들어오다가 멈칫, 놀란다. 보고 싶던 아들이 너무 반가워서 덥석 껴안고 싶은 것을 참았다. 오랜만에 본 아들이라 멋쩍어서 그냥 쳐다보고 어서 오라고 눈짓만 했다.

"오셨어요."

"어서 와라. 힘들지?"

아들은 대답 없이 제 방으로 들어가서 문을 닫았다. 나는 닫힌 문이 원망스럽고 아쉬워서 아들의 방문만 바라봤다. 조금 있더니 아내가 들어왔다.

"어, 웬일이야? 연락도 없이. 무슨 일로?"

"보고 싶어서."

"어이구, 그만둬. 나 부려먹고 싶어서 왔다고 하면 말이 되지만."

"맞아, 당신이 지은 밥이 먹고 싶어서…."

"그렇지? 그런데 나도 힘들어요. 나 이제 당신 시집살이하기 싫어."

"내가 언제 시집살이 시켰어?"

"지금도 내가 지은 밥이 먹고 싶다고 했잖아."

나는 아내를 꼭 껴안았다.

"무슨 짓이야. 웅이 들어오지 않았어?"

"들어왔지."

나는 아내와 아들과 지낼, 일주일 휴가 동안의 계획을 짜느라고 어젯밤 잠도 설치고 꿈에 부풀어 왔지만, 아내도 아들도 내가 반갑지 않은 것 같다. 집에 들어올 때의 마음과 달리 기운이 싹 빠졌다. 이제, 아들도 미국에 가면 자주 만나기도 어려울 텐데,이렇게 높은 벽이 있는 줄은 상상도 못했다. 나는 아들과 마주 앉아 소주 한 잔 하면서 그동안 힘들었던 아들 이야기도 들어주고, 내 이야기도 사심 없이 하면서 부자간의 정을 나누려고 했다.

"웅이 왜 저래?"

"웅이가 어때서? 당신 다 큰 아들에게 어른 노릇 하려고 그러지? 나 때는 말야… 어쩌구, 꼰대짓 하는 말, 받아주는 애들 없어. 진작 포기하라구."

"그게 아닌데?"

"아니긴 뭘 아냐. 당신 나한테도 아랫사람 대하듯이 하잖아. 내나 하니까 받아주지? 누가 당신 같은 사람을 받아줘."

"내가 언제? 난 맨날 당신 눈치만 보고 살았는데…."

"당신이 내 눈치를 보고 살았어?"

"그래, 나는 처갓집에 가도, 당신 앞에서도 기 한 번 못 펴고 살았구먼."

"어머, 누가 들으면 진짜 그런 줄 알겠네."

나는 그런 적 없는 것 같은데, 내가 아내를 군대 부하 대하듯 했다고…. 아내에게 남처럼 잘해주지 못해 눈치만 보고 살았는데, 아내 생각은 그렇지 않은 모양이었다.

"당신은, 부대 안에서만 살아서 바깥 생활을 몰라. 남들은 아빠가 애들과 손잡고, 들로 산으로 다니면서 친구처럼 놀아주고 살았지만, 웅이는 아빠가 없는 사람같이 혼자 외롭게 아빠의 사랑을 모르고 살았잖아. 웅이는 그렇게 서럽게 살았고, 지금은 다 컸어요. 이제 와서 아빠라고 큰소리 치면 그게 받아지나? 진작 꿈 깨!"

"그것은 나도 미안하게 생각하고 있어. 그렇지만 군대생활이 그런 것을 내가 어떻게 할 수가 없잖아. 당신도 결혼할 때는 군복 입은 내가 멋있다고 말했잖아."

"그때는 멋있었지. 그게 착각이었어. 결혼하고 나는 신혼 생활도 없었고, 좋았던 꿈이 산산조각이 났어. 너무 외로웠고 남편이 있어야 할 때, 내 옆에 없었어. 남들처럼 퇴근 후에 남편과 아이 손잡고 같이 공원에도 같이 나가 바람도 쐬고 싶었지. 주말에는 여행도 가고 싶었지만, 토요일 늦게 집에 들어와서 이튿날은 부대로 가는 남편을 바라보고, 보는 데서는 말도 못하고 당신이 간 뒤에 혼자 울었어요. 억울한 것은, 내가 남편이 없는 여자로 보고 남들이 깔보고 말할 때는 너무 분하고 속이 상했어. 내가 왜 이렇게 사나? 눈물이 나오더라구. 그래도 당신에게 말하면 당신이 힘들까봐 말도 못하고 살았어요."

"……"

나는 아내에게 할 말이 없었다. 나는 바쁘다는 핑계로 아들과 여행 한번 제대로 간 적이 없었다. 군대생활에만 온 정성을 다 쏟았다. 물론 충성을 다해서 표창장도 받았지만, 마음은 가족에게도 잘하고 싶었을 뿐이었다. 결국 나는 아내와 자식이 힘든 생활을 하게 한 죄인이었다. 아들이 자라서 외갓집에서 우리 집으로 왔을 때는, 내가 시간을 만들어도 아들이 공부해야 한다고 여행을 갈 수 없었다. 이번에는 가족과 같이 즐거운 시간을 보내려고 밤마다 이렇게 할까? 했다가 저렇게도 할까? 하면서 커피 값도 아끼면서 돈을 마련하고 계획했건만 아내와 아들이 받아주지 않을 것 같았다. 계획을 짤 때는 기분이 좋았는데 와서 보니 어깨가 뚝 꺾어지는 것 같고, 온몸의 기운이 싹 빠지고 마음속이 허탈했다.

아들 낳았을 때가 생각났다. 꼭 어제 일 같다. 아내가 진통이 온다고 금요일 저녁에 연락이 와서 급하게 밤새 차를 몰고 새벽에 병원에 도착했다. 하필 그날 새로 배치된 이병이 훈련을 나갔다 왔는데 갑자기 배가 아프다고 하더니 쓰러졌다. 놀라서 그 이병을 데리고 군병원에 데리고 갔다. 무슨 일이 일어나면 어쩌나, 하고 마음을 졸였다. 이리 뛰고 저리 뛰고 얼마나 불안했는지 그때까지 밥도 먹지 못하다가 별일이 아니라고 해서 잠이 든 것을 보고, 빵 몇 조각 먹고 자리에 누웠더니 장모님이 전화를 했다. 아내가 진통이 와서 병원에 갔다고 했다. 설레는 마음으로 아무 탈이 없기를 기도하면서 차를 몰았다. 아직 아기는 낳지 않았다. 밖에서 장모님과 기다리면서 아기를 낳는 아내가 안쓰럽고 조바심이 나서 앉았다 일어났다 했다. 아내가 소리치는 소리가 들렸다. 얼마나 아프면 저렇게 소리칠까? 안타까워서 내 몸이 아픈 것 같았다. 드디어 아기울음 소리가 들렸다. 아기 울음소리가 크게 들렸다. 건강한 아기를 태어나게 해 준 아내가 고마웠다. 누구를 닮았을까? 얼굴은 예쁜 엄마를 닮고 키는 나를 닮았으면 좋겠다. 울음소리가 쩌렁쩌렁하게 방 안에 울리는 것을 보니 건강한 아기인 것 같았다. 눈물이 주르륵 나왔다. 장모님도 눈물을 흘리면서 나를 보고 웃었다. 드디어 내 아기를 내 눈으로 봤다. 그때의 감격은 누구에게 다 말할 수 없었다. 코와 입은 큼직해서 나를 닮은 것 같은데, 눈은 뜨지 않아서 모르겠다. 장모님이 나를 닮았다고 했다. 나는 밖에 나가서 소리 치고 싶었다.

'나도 아빠가 되었다….'

세상을 다 가진 것같이 가슴이 벅찼다. 내게 아빠가 되게 해 준 아내가 고마웠다. 친구들이 아기 아빠가 되었다고 자랑하면 부럽기는 했지만, 뭘 저렇게 야단법석을 떤다고 생각하며 나는 그러지 말아야지 했지만, 직접 내가 아빠가 되고 보니 너무 좋아 나 혼자 자식을 얻은 것 같은 기쁨을 억누를 수가 없었다.

우리 부부는 결혼해서 일주일에 한 번씩 만나는 주말 부부였다. 나는 전방 군부대에 근무하고, 아내는 서울에서 중학교 교편을 잡고 있었다. 일주일에 한 번 만나면, 정말 너무 좋았다. 부대에 가서도 아내가 있어서 사는 희망이 있었다. 언제나 가슴에 무엇이 꽉 찬 것같이 행복했다. 힘들어도 아내를 생각하면 힘든 것을 이길 수 있었다. 일주일을 기다리면서 주말이면 만난다는 것이 그렇게 좋을 수가 없었다. 세상이 모두 나를 위해서 있는 것만 같이 아름답기만 하고 행복했다. 그런데 몇 년이 지나도 아내는 임신하지 않았다. 동기들은 아기가 둘씩 있는 사람도 있었다. 동기들이 아기 돌이라고 하면, 축하하러 가면서 그들이 부러웠지만, 아내에게 내 심정을 말할 수는 없었다. 나도 내 아기가 생겨서 돌잔치를 하고 싶었다. 아내가 걱정을 하기 시작했다. 장모님이 약을 해다 주고 병원을 다니는 모양이지만 소식이 없었다. 아내가 병원에 갔는데 아무 이상이 없다고 한다고 나더러 병원에 가보라고 했다. 가기 싫었지만, 장모님조차 병원에 가보라고 했다. 할 수 없이 겁이 나면서 병원에 갔더니 아무 이상이 없다고 했다. 5년이 지나자 아내가 시험관 아기를 낳자고 했다. 내 마음도 불안했지만, 아직 나이가 있으니 조금만 더 기다려 보자고 아내에게 말했다. 나는 기다리다 지쳐서 이러다 내게 자식이 없다면, 생각하니 서운했다.

그런 어느 날, 바빠서 이 주일 만에 집에 갔더니, 아내가 눈물이 글썽해서 나를 바라봤다. 나는 깜짝 놀라서 아내가 병들어 죽기라도 하면 어쩌나? 하고 아내를 얼른 껴안았다. 아기가 없어도 좋으니 아내는 아프면 안 된다고 생각되었다. 제발 아무일 없게 해달라고, 마음속으로 기도하면서 아내를 쳐다봤다.

"왜, 어디 아파?"

"우웩!"

하더니 연거푸 토악질을 했다. 이게 어찌된 일인가? 아내가 많이 아픈 것 같았다.

"어디가 아파?"

"바보…!"

"왜?"

"보면 몰라요?"

"뭐가? 내가 뭐 잘못했어?"

"나 임신인 것 같아."

"지금 뭐라구 했어? 다시 말해봐. 정말이야?"

나는 너무 좋아서 아내를 안고 얼굴에 뽀뽀를 퍼부었고, 빙글빙글 돌았다. 그렇게 좋을 수가 없었다. 나도 아빠가 될 수 있다는 생각에 정말 행복했다.

"아이, 어지러워. 왜 이래요?"

"뭐 먹고 싶어? 좋은 것 모두 사 줄게. 아, 너무 좋다."

"그렇게 좋아?"

"어, 하늘땅만큼 좋아. 만세, 만세, 만세…"

아들일까? 딸일까? 아들이고, 딸이고 모두 좋았다. 아내는 뱃속에서 아기를 키우느라 힘들었지만, 나는 아기도 산모도 건강해 주기를 날마다 빌었다. 동기들보다는 늦었지만 나도 아빠가 된다는 기쁨에 행복했다. 일주일 만에도, 이주일 만에도 만나지만 무엇을 해줄 줄을 몰라 아내 혼자 고생했다. 열 달 동안 아내는 힘들게 고생해서 드디어 아기를 낳았다

아내와 아기는 조리원에 있다가 장모님이 데려갔다. 아기가 너무 보고 싶었지만, 자주 만나지는 못하고, 밤마다 자기 전에 아기 모습을 그려보면서 잠을 잤다. 날마다 생각하는 것만 해도 즐겁고 행복했다. 어쩌다 주말에 아내와 처갓집에 가서 아기를 잠깐 보고 휴가 때나 아기를 제대로 볼 수 있었다. 장모님이 불편하실까봐, 처갓집에 자주 갈 수 없었다. 명절에 우리 아기를 데리고 부모님 댁에 차례를 지내러 갈 때는 행복했다. 아기는 만날 때마다 장마에 오이 자라듯이 쑥쑥 자랐고, 오랜만에 만나는 나를 보고 낯설어 울었다. 안고 놀아주고 싶지만, 아

기는 낯가림이 심해서 나를 좋아하지 않았다. 내가 안고 자면서 토닥토닥하면서 자장가도 불러주고 싶은데 아기가 내 심정을 몰라주고 낯설다고 울어서 안타까웠다. 잠든 얼굴만 보면서 마음속으로 자장가를 불렀다. 언제 나를 아빠라고 불러 주나 기다렸다. 엄마는 부르는데 아빠를 부르지 않아서 애타게 기다렸다. 아기는 아빠 마음을 몰라주었다. 설날 아내가 아기에게 아빠에게 절하면 돈 준다고 했다.

"아빠에게 절하고 돈 달라고 해."

아기가 엉덩이를 번쩍 들고 내게 세배를 했다.

"아빠!"

아기가 절하고 그 고운 고사리 같은 두 손을 내게 내밀었다.

"어머! 아빠 소리 했어."

아내가 소리쳤다. 나도 들었다. 만 원짜리를 주었더니 두 손으로 받았다. 돈의 가치를 모르는 아기는 받아서 엄마를 주었지만 받는 기쁨이 컸을 것이다. 아빠 소리를 듣고, 나는 뛸 듯이 기뻐서 아기를 안고 뽀뽀했다. 그런데도 아기는 나를 낯설어 했다. 아내는 방학이 되면, 친정에 가서 살았다. 아들은 중학교 다닐 때까지 외갓집에서 살았다. 아내가 친정에 있을 때는 나도 주말이면 처갓집에 갈 수 있었다. 아들이 고등학교는 우리 집에 와서 다녔지만 나는 주말에나 아들을 볼 수 있었고,

휴가를 나와서도 아들과 같이 있기가 힘들었다. 입시 공부를 한다고 밤중에나 들어오는 아들은 만나기조차 힘들었다. 아들은 열심히 공부하는 것 같았다. 믿음직스러웠다. 주말이 되어야 잠깐 마주치지만, 아들은 아빠라는 느낌보다는 자기와는 상관없고 엄마를 만나러 오는 남자쯤으로 아는 어색한 만남인 것 같았다. 내 아들이지만 자주 만나지 않으니, 낯설기는 나도 매한가지였다. 어색한 만남이다 보니 아빠로서 말하고 싶은 훈계의 말은 하기가 어려웠다.

그동안 나는 참 외로웠다. 아들이 보고 싶어 처갓집에 가면 장모님은 나를 마땅찮아 했고, 아들도 오랜만에 보는 나를 좋아하지 않았다. 나는 반가워서 무슨 말을 하려고 하지만, 아들은 어색해 하고 나그네 대하듯 멀리 했다. 게다가 아기 때는 장모님이 내가 가면 짜증만 부렸다. 아들이 보고 싶어 가지만 처갓집에 가서 장모님 만나는 것이 무서웠다. 갈 때마다 고운 소리를 하지 않았다.

"어디 가서 더부살이를 하는 것이 낫지. 남의 새끼 길러주면 돈이라도 벌지만, 모임에도 못 나가고 이게 뭐하는 짓인지…."

장모님이 아기 기저귀를 갈면서 신경질을 부렸다. 물론 양육비는 드렸어도 죄송하기만 했다. 나는 알뜰하게 쓰고 월급을 아내에게 모두 맡겨서 얼마를 드리는지 모르지만, 충분하지 않은 모양이었다. 처갓집에 갈 때는 고기도 사고, 이것저것 장모님이 좋아하는 것을 사 가지고, 내 깐에는 잘 하려고 했지만, 장모님 마음에 차지 않은 모양이었다.

"내 친구는 사위가 자동차도 사주고 다이아반지도 사주지만, 나는 사위가 돈을 제대로 벌지 못하니 그런 것은 꿈도 못 꾸지. 안 그런가?"

"죄송합니다."

"내가 미쳤지. 딸이 어려서부터 공부 잘 하기에 욕심을 냈더니, 겨우 군인에게 시집을 가더라구. 남들이 내 딸을 탐내고, 나를 부러워해서 나도 마음이 부풀었었지. 그렇지만 내 딸이 눈꺼풀에 콩깍지가 씌어서 내가 반대를 했지만, 지가 좋다는데 어쩔 수 없어. 군대 월급이 그렇게 적은 줄은 정말 몰랐다네. 끝까지 말렸어야 했는데…."

나는 장모님이 만날 때마다 잔소리를 하니, 장모님과 눈 마주치는 것을 피하고 싶었다. 이제 와서 불평불만을 하지만 없던 일로 할 수 없는 것을 나더러 어쩌라고, 잔소리가 듣기 싫어 장모님 얼굴을 보고 싶지 않았다. 그러다 보니 아들이 보고 싶지만 장모님이 무서워서 자주 갈 수 없었다. 장모님은 대기업에 다니는 사람들은 월급이 많고 수당이 많다고 했다. 특별 수당이라는 것도 있다고 했다.

사람들은 군대 생활이 얼마나 힘든지 알지도 못하고, 편하게 돈 번다고 생각하는 모양이다. 군인 연금이 많다고 입방아들을 찧는데, 대기업에 비교해서 힘든 일은 많고 월급은 적다. 우리는 여름에도 군화를 신고 훈련을 하고, 삼복더위에도 짧은 셔츠를 입은 적이 없었다. 나라를 사랑하는 마음이 없었으면 군대생활 못했다. 주말 부부로 살지 않고 서울에서 회사 다니고 아들과 정을 쌓고 살았으면, 나도, 아들도 이런 높은 벽이 생기지 않고 남들처럼 살았으면 얼마나 좋았을까? 내가 남보다 공부를 못한 것도 아닌데, 군대 생활을 자청해서 한 것이다. 사관학교에 들어갔을 때는 남들이 부럽다고 했었다. 남자답게 국방을 지킨다는 것을 큰 보람으로 알고 살았다. 아내도 나와 연애할 때 내 직업에 불만을 갖지 않았고, 다만 주말 부부라서 불만이 있을 뿐이었다. 우리는 주말에 만났지만, 이 주일에 만나기도 해서 애타게 기다려서 만나면 연애하는 기분으로 살았다. 아내도 그렇게 생각하는 줄 알았다. 아들이 자라면서 같이 있어주지 못해 미안하기만 했다. 자라서 철이 들면 아빠를 이해할 것이라고 생각했다. 지금까지 멀어진 사이가 금방 가까워질수는 없지만, 차츰 좋아지리라 믿고 기다리겠다고 마음먹었다. 나는 아들과 가까워지고 싶었지만, 아들은 공부한다고 만나기도 어려웠다.

아들이 대학을 미국으로 간다고 했다. 남들은 아들이 공부 잘해서 미국에 간다고 부럽다고 했다. 아들과 하고 싶은 말을 하고, 지금까지 다정하게 지내지 못했던 것을 해주고 싶었는데 그렇지 못했다. 나는 아들과 좋은 추억을 만들고 싶었는데 아쉬움을 남기고 아들이 미국에 갔다. 아들이 미국에 가기 전에는 그래도 집에 들어가면 아들을 볼 수 있었다. 이제는 아들을 만나기가 어렵게 되니 머릿속이 텅 빈 것 같고 몸에 힘이 없어졌다. 아들에게 등록금과 생활비를 보내 주는 것으로 보람을 갖기로 했다. 졸업하고 오면, 나도 아들과 같이 즐거운 시간을 보낼 수 있을 것이라는 희망을 가지고 살기로 했다.

오랜 군대 생활을 끝내고 전역을 해서 아내와 합쳤다. 오랜만에 신혼부부처럼 살 것이라고 생각했다. 젊어서는 일주일 만에 만나면 아내가 반갑게 맞아 주었다. 전역하고 오니까 아내가 시큰둥하게 맞이했다. 날이 갈수록 아내는 짜증을 부리고 아침에 나가서 늦게 들어왔다. 아내를 기다리다 쫄쫄 굶고는, 굶었다고 했더니 사 먹으라고 했다. 그 뒤로 나는 자주 라면을 끓여먹고, 밥을 해 먹기도 하고, 나가서 사먹기도 하지만, 혼자 먹는 밥은 맛이 없었다. 왜 늦게 오느냐고 하면, 미안해 할 줄 알았더니 오히려 큰소리치면서 바쁘다고 했다. 우리는 날마다 싸웠다. 나는 이제부터 편하게 살려고 생각했지만 산 넘어 산이었다. 이렇게는 못 살겠다. 아내도 못살겠다고 했다.

"어이구, 지겨워. 지금까지 남편 없이 독수공방하고 살았는데, 이제 와서 남편 밥이나 해다 바치고 늙어 시집살이 하라고?"

"누구는 호강하고 살았나? 똑같이 고생했지."

"웅이는 누가 길렀어? 자기가 한 번 도와 줬어? 공짜로 자식 키워주니까 자기 자식이라고?"

"어쩔 수 없었잖아. 그 대신 등록금 주었잖아."

"어이구, 알량한 등록금 주었다구 큰소리치네."

날마다 싸우다가 이혼한다고 가정법률 사무소 앞까지 몇 번이나 갔다 왔다. 끄떡하면 아내는 친정 가서 오지 않기도 했다. 전역하면, 꿀맛 같고 향기로운 아름다운 세상이 기다리고 있을 줄 알았더니, 기다린 것은 지옥이었다. 떨어져 살던 사람이 합치니까 좋기만 한 것은 아니었다. 아내가 출근하고 나면 나는 할 일이 없어 하루 종일 집에서 책을 읽다가 지루하면 TV만 봤다. 아내가 퇴근하고 들어오면, 반가운 것이 아니라 오늘은 무슨 핑계로 싸우자고 할지 겁부터 났다. 군대 생활 하면서 너무 힘들어 전역하면 실컷 쉴 것이라고 생각했는데, 쉬는 것도 하루 이틀이지 정말 하루 지나가는 시간이 길게만 느껴졌다. 아침이 밝아오면 오늘은 무엇을 할까, 하다가 하릴 없이 하루를 넘기고 해가 저물면 허탈하기만 했다. 아내가 집에 있으면 밥도 하고 집 안 살림이나 해주면 좋을 텐데, 자기만 부려 먹으려고 한다고 짜증을 부렸다. 나는 지금까지 집 안 살림을 하지 않아서 영 낯설었다. 그러던 내가 밥도 하고 시장 봐다가 반찬도 했다. 그래도 하루 종일 집에 있는 것이 답답했다. 무엇을 할까 궁리하다가 공부나 할까 해도 이 나이에 무슨 공부를 하나? 이래서 여자들이 아이들 다 가르치고 나면, 우울증이 생긴다고 했나 보다. 취미 생활을 즐겨보려고 했더니, 그것도 마땅한 것이 없고 돈만 많이 드는 것 같았다.

싸우고 나면 아내는 아들에게 일러바치는 모양이다. 아들은 어쩌다 안부 전화를 하면서 싸우지 말라고 했다. 아들 전화를 받고, 나도 아들에게 아내를 고자질하고 싶지만 공부하는 아들에게 나조차 그럴 수는 없었다. 아들이 전화해 준 것만 반갑고 국제 전화로 오래 말할 수 없어 전화를 끊고 나면, 아쉬워서 핸드폰만 한참 붙들고 있다가 내려놨다. 아들이 나이가 드니 철이 들었는지 말하는 것이 의젓했다. 전역하면 연금이 있으니 사는 것은 걱정 없다고 생각했는데, 아들이 장학금을 타는데도 교육비와 생활비가 적지 않았다. 그렇게까지 많이 들어갈 줄은 몰랐다. 나는 돈을 흥청망청 함부로 쓸 수는 없었다. 친구들은 나더러 아내도 돈 벌고 있으니 부자라고 했다. 나는 아내가 자금 관리를 하고 있으니 아는 것이 없어 꿀 먹은 벙어리다. 공부를 하기로 마음먹었다. 나이 먹어 공부하기가 쉽지 않았다. 금방 외었는데 조금 있다가 보면 하나도 생각이 나지 않았다. 이거였나! 저거였나? 내가 이렇게 머리가 나쁜 줄은 몰랐다. 열심히 공부해서 간신히 아파트 관리소장이 되었다. 조그만 아파트인데 아파트 동 대표 세력이 대단했다. 하기는 아파트 주민이 뽑은 대표이고 자기 아파트를 위해서 일하는 사람들이니 이해가 갔다. 내가 생각한 것과는 아주 다른 소리를 할 때도 있었다. 뭐든지 내 생각과 똑같을 수는 없었다. 또 부녀회에서도 건의가 많이 들어왔다. 어디고 쉬운 일은 없었다. 그렇지만 일할 수 있고, 출근한다는 것이 좋았다. 군대 생활 할 때는 제발 편하게 쉬어 봤으면 소원이 없겠다고 했지만, 일을 한다는 것은 축복이었다. 아내가 퇴직하고 집에 있으면서, 아침과 저녁에 맛있는 반찬과 밥을 해 주었다. 처음에는 집에 있더니 요즘은 문화원 시 창작 반에 가서 시를 쓴다고 나가고, 집에서도 컴퓨터 앞에만 앉아있다. 아내는 나처럼 텔레비전만 보지 않고, 취미를 살려서 바쁘게 지내고 있다. 지금은 각자 자기 일을 열심히 하느라고 싸울 시간도 없다. 아내와 나는 먹고 싶은 것이 있으면 각자 해먹고, 사 먹기도 하고, 마음이 편해졌다.

아들이 미국에서 대학을 졸업하고 착하게도 한국에 와서 군대에 갔다. 군대 갔다 오더니 아들이 나를 전보다 이해해 주는 것 같았다. 이제 아들과 말이 통하고 조금은 친해졌다. 그동안 아내가 저축한 돈으로 땅을 사서 과일 나무를 심었다. 더 늙으면 귀농을 해서 땅 냄새 맡으면서 살기로 했다. 지금은 나도 아내도 서로 맞추어 가면서 살려고 노력하고 있다.

아들은 전역하고 다시 미국에 가서 대학원에 들어갔고 석사 학위를 받고 취직했다. 잘했다고 생각하면서 조금은 불안했다. 대학원 가면서 석사 학위 받으면 한국에 돌아와서 취직하고 살겠다고 말했다. 그런데 남들이 취직하기 어렵다고 말하는데, 아들은 대학원 졸업하고 그곳에서 취직이 쉽게 되었다. 게다가 아들에게 여자 친구가 생겼다고 했다. 아들이 여자 친구가 있다고 하니 반가웠다. 동기들이 아들딸 결혼시키면 축하하러만 다녔는데, 드디어 나도 늦었지만 며느리를 볼 것 같다. 며느리 자랑에다 손주 자랑하는 소리만 들었는데, 나도 입을 열 수가 있게 되었다. 아들이 결혼하고 손주를 보게 되면, 내가 손주를 키워 주어야겠다고 마음먹었다. 손주 생각을 하니 콧노래가 저절로 나왔다. 결혼도 아직 하지 않은 아들의 아들딸을 생각하고 즐거웠다. 그런데 불안했던 것이 현실이 되었다. 아들이 미국 여자와 결혼한다고 연락이 왔다. 눈이 파란 손주를 보게 되었다. 눈이 파란 손주와 손잡고 자랑스럽게 다녀야겠다고 혼자 웃으면서 생각했다. 한글도 가르치고 손주에게 목말도 태워주어야겠다. 남들이 나를 부러워서 쳐다볼 것이다. 국제전화가 왔다.

"아빠?"

"그래, 언제 들어오게 되니?"

"영주권 받아서 미국에서 살아야 할 것 같아요."

"미국에서…?"

입에서 나오는 내 말소리가 저절로 흐려졌다. 아들이 미국으로 대학을 갈 때도 공부 잘해서 좋은 대학에 간다고 좋아했지만, 아들과 이렇게 이별하게 될 줄은 몰랐다. 나는 아들에게 못 해 주었던 사랑을 손주에게 원 없이 해 주고 싶었다. 손주 봐주고, 재롱을 보면서 살려고 했는데…,

그것마저 영 글렀다.

찰거머리

찰거머리

"어머, 이게 누구야? 여기서 너를 만나다니, 너도 여기 왔어? 반갑다."

머리털이 하나도 없는 선주가 내 앞자리에 앉아 있다. 전보다 살이 많이 빠져서 얼굴을 못 알아보았다.

"여기는 웬일이야?"

"보면 모르냐. 암에 걸린 거지. 그래도 여기서 너를 만나서 다행이다."

'반갑다고! 어이구, 지겨워. 여기까지 와서 저 인간을 만날게 뭐야, 뭐가 반갑고, 뭐가 다행이라고 하는 거야.' 나는 송충이 씹은 기분이다.

얼마 전부터 밥만 먹으면 체해서 소화제를 먹어도, 죽을 먹어도 나아지지 않았다. 병원에 갔더니 내시경을 하자고 했다. 병원을 무서워 하는 나는 너무 두려웠다. 호수를 입속에 넣어서 위를 들여다본다고 했다. 그러다가 자식들에게 말도 못하고 죽지나 않는지 불안해서 잠을 꼬박 새웠다. 남들은 별것 아니라고 하지만, 나는 마음이 편안하지 못했다. 8시간 동안 물도 먹지 말고 금식한 채 오라고 해서 덜컥 겁이 났다. 수면 내시경을 하면서 조직검사도 했다. 며칠 뒤에 나온 검사결과는 위암이라고 했다. '세상에 내가 암이라니'기가 막혔다. 5인실 암병동 505호실에 입원했다. 말로만 듣던 암병동에 죽으러 가는 기분으로 들어갔는데, 들어가자마자 목소리도 듣기 싫은 저 인간을 재수 없이 여기서 또 만났다.

새벽 일찍 가방에 필기 도구만 넣고 콧노래를 흥얼거리며 영등포로 나갔다. 소설가협회 일원으로 현장 실사에 나선 참이었다. 동행하기로 약속한 미수가 먼저 가면 자리부터 잡으라고 한 부탁을 상기하며 대절버스에 올랐다. 미수 자리를 확보하려고 가방을 옆 빈자리에 놓았다. 물을 한 잔 마시고 있는데 차에 오르는 선주 언니가 보였다. 만나고 싶지 않아 창가로 얼굴을 돌리고 쳐다보지도 않았다. 선주 언니는 눈치도 없이 내 어깨를 툭 쳤다.

"야, 너도 가니? 잘 되었다. 같이 앉자."

"오랜만이네요. 어쩌지, 자리 임자가 있는데요."

"에이, 아무나 앉으면 어때. 그 사람 다른 데 가서 앉으라고 해. 자리도 많은데 뭘."

"안돼요. 나더러 자리 잡으라고 신신당부했는데요."

그러나 선주 언니는 막무가내로 내 옆자리에 앉았다. 시간이 흐르며 빈자리가 줄어들자, 나는 불안해서 안절부절못하고 출입문만 바라봤다. 출발 5분 전에 차에 오른 미수가 앞에 와 섰다. 옆에 앉은 사람이 누구냐는 듯이 나를 바라봤다.

"미수야, 어서 와. 언니 여기 자리 임자가 지금 왔어요."

선주 언니는 일어날 생각도 하지 않은 채 말도 하지 않고 앞만 바라보았다. 내 처지가 난처해졌다. 하는 수 없이 다시 한 번 재촉했다.

"언니, 여긴 저 사람 자리예요. 일어나요."

"싫어. 난 여기 앉을 거야. 먼저 온 사람이 임자지. 너, 참 이상하다. 이런 여행에서 내 자리 네 자리가 어디 있니?"

미수는 할 수 없이 뒤로 갔다. 이미 만석이라 미수는 모르는 남자 옆에 앉을 수밖에 없었다. 분명 미수는 내가 자리 잡아 놓는다고 해서 느긋하게 왔을 것이다. 자리를 지켜주지 못해 미안했다. 선주 언니는 매사 자기 마음대로 했다.

나는 결혼해 아이 낳아 기르고 학교 보낸 뒤부터 문화원에서 하는 미술반에 들어갔다. 선주 언니는 나보다 훨씬 먼저 들어가서 수업을 받았기에 아는 것도 많고, 그림도 잘 그렸다. 하루는 그림을 하나 끝내고 다시 그리려는데, 마땅한 사진이 없어 선주 언니에게 빌려달라고 말했다.

"언니, 사진 한 장만 줘요."

"찾아봐서."

바로 앞에 사진이 많았지만 줄 생각이 없어 보였다. 기다리기 민망해 내 자리로 되돌아갔다가 재차 선주 언니 자리를 찾았다. 쉬고 있던 그녀가 마지못해 일어나더니 내 자리로 와서 내가 그린 그림을 들여다봤다.

"이게 그림이라고 그렸어? 이렇게 하면 안 되지. 멀어도 한참 멀었구나."

선주 언니는 다짜고짜 내가 그린 그림에 4B 연필로 사선을 쫙 그었다. 당황스럽고 기분 상했지만, 선배라고 생각해 꾹 참았다. 가슴이 부글부글 끓었다. 선주 언니는 제자리로 가고 사진은 끝내 주지 않았다. 선주 언니는 그림을 잘 그리고 서예도 잘 했다. 몇 년이 흘렀다. 내가 굉장히 바빠서 정신이 없는 날이었다. 선주 언니가 방송통신대학 국문과에 다닌다고 하면서, 500쪽이나 되는 책을 읽고 독후감을 써달라고 해서 나 지금 바쁘다고 했다. 시험점수가 들어가는데 점수를 못 맞으면 학교를 졸업 못한다고, 그것도 못해주느냐고 빨리 해달라고 강요했다. 나는 그때 소설을 써서 잡지사에 보내야 할 것이 있어 정신이 없는데, 사람을 들들 볶아댔다. 마음 약한 나는 볶이다 못해서 내 것도 잠을 설쳐가며 쓰고 있는데, 기어이 그것을 다 읽고 정성을 다해 독후감을 써 주었다. 좋은 점수를 받았다고 다른 사람을 통해 후일담을 들었다. 그런데 졸업하고 다시 미술과 서예를 하면서 다른 사람들은 그림을 한 점씩 주는 사람도 있지만, 선주 언니는 그때 고마웠다고도 하지 않았고, 그림도 한 장 주지 않았다. 내가 그림 한 점만 달라고 해 봤다.

"줄 것이 없어."

남들에게는 그림도 주고, 붓글씨 쓴 액자도 한 점씩 주면서 내게는 종이 한 장 주지 않았다. 뭐 저런 인간이 다 있어. 독후감 써준 것을 후회했다. 남들이 내게 그 여자 너무 못된 여자라고 말하는 사람들이 있었다. 내게 자기는 착한 사람이라고 말하더니, 사람들이 그 사람 여러 사람과 싸움만 한다고 조심하라 충고했다. 싸운 적은 없지만 나도 그 여자가 싫었다.

새로 당선된 소설가협회 회장 취임식에 참석한 때였다. 행사가 끝나고 점심을 먹으러 가는데, 어디서 나타났는지 선주 언니가 앞서가는 나를 불러 세우며 같이 가자고 했다. 다리를 다쳤는지 절뚝거리며 쫓아왔다. 나도 얼마 전에 복사뼈에 인대가 늘어나서 침을 맞고 치료중이라 난감했다. 선주 언니는 내 팔을 힘주어 부여잡고 내게 의지했다. 나도 발이 아픈데, 꼭 잡고 놓지 않아 정말 힘들었다. 다리 아픈 선주 언니와 같이 가느라 일행과도 만나지 못했고, 늦게 식당에 가니 자리가 하나밖에 없었다. 선주 언니는 우리 일행도 아니면서 가운데 끼어 앉았다. 할 수 없이 우리 일행의 남자분이 일어나 다른 자리로 옮겨 갔다. 그 행동에 민망함은 온전히 내 몫이었다. 헤어질 땐 자기가 찾아서 가면 좋으련만, 전철 타는 곳을 알려 달라고 생떼를 썼다. 나도 처음 간 곳이라 몰라서 남에게 물어봐 알려주고 나니 오히려 일행을 놓친 내가 한참 헤맸다. 그 뒤로 내게 할 말이 없고 아쉬움이 없는지, 아무 소식이 없었다. 몇 년이 지나서 선주 언니는 미술 전시회를 한다고 연락이 왔다. 내키지 않았지만, 화분 하나를 사 들고 전시장으로 갔다. 그날 요로결석 통증이 시작하는지 아침부터 배가 살살 아팠으나 참고 갔던 길이다. 선주 언니는 자기 그림은 아무나 그릴 수 없는 명작이라고 교수님이 칭찬했다고 침을 튀기며 자랑했다. 복통이 점점 심해졌다. 작품들을 하나하나 들여다보는데 많이 아팠다. 물이라도 마셨으면 좋겠는데, 마실 차 한 잔도 없었다. 시간이 늦어 저녁을 먹어야 하기에 거기서 만난 미술반 사람들과 밥을 먹으러 갔는데, 너무 아파 밥을 먹을 수 없었다. 통증이 극에 달해 그들의 밥값만 미리 지불해 주고 급하게 택시를 타고 병원 응급실로 가야 했다. X레이 찍고 이것저것 검사하고 진통제 주사까지 맞는 난리를 치고 자정이 되어서야 집으로 왔다. 그 뒤로 병원에서 결석이 크다고 부수어서 빼낸다고 해서 고생 많이 하고 돌을 빼어냈다. 선주 언니는 내가 아픈 걸 알면서도 전화 한 통화 없었다.

오늘 선주 언니는 동행 없이 혼자 와서 내 옆자리를 차지했다. 나는 미수에게 미안해서 신경이 쓰였다. 할 이야기도 없고 잠이나 자야겠다고 눈을 감고 있다가 깜박 잠이 들었다. 선주 언니가 무릎을 툭툭 쳐서 깨어보니, 잠도 덜 깬 내게 나와 아무 상관없고 재미도 없는 자기 이웃집 험담을 늘어놓았다. 듣고 싶지 않은 얘기지만, 무슨 말로라도 역성을 들어 주어야 했다.
"그러게 너무했네."
"너무 하긴, 자기가 뭘 안다고."
비위를 맞춘다고 한 말인데, 핀잔을 들었다. 아예 대꾸하지 않는 것이 나을 것 같아 듣고만 있었더니 또 말을 시켰다.

"내 말이 맞지? 그치?"

"예, 맞아요."

"맞긴 뭐가 맞아! 아무것도 모르면서."

대꾸하지 않으면 강제로 말을 시켰고, 대답하면 지청구였다.

"벨트 매래요."

"왜, 명령으로 말해? 별꼴이야."

"좋은 뜻으로 말한 거예요."

"그게 명령하는 것 아냐? 앞으로 그러지 마."

"예, 알겠습니다."

휴게소에 도착해 차가 멈췄다.

"화장실 갔다 오래요."

"왜 또 명령이야? 가거나 말거나 내가 가고 싶으면 갈 것을…."

"미안해요. 가기 싫으면 가지 말고."

"같이 가?"

"안 간다며?"

"거봐, 내가 언제 안 간다고 했니?"

"그럼, 빨리 일어나요."

"뭐가 그렇게 급해. 천천히 가."

화장실에 가는데 뒤에 앉았던 남자들이 옆으로 지나가면서 자기들끼리 말했다.

"아이, 지겨워. 무슨 여편네가 그렇게 떠들어, 교양 없이. 여행 더럽게 망쳤다. 망할 여편네가 주둥이를 쉬지 않고 나불거리니 옆에 앉은 여자가 듣기 싫어하는 눈치더구먼. 주둥이에 오토바일 달았나, 그 주둥이에 남편의 귀가 견뎌낼까 모르겠네. 망할 여편네."

"아주 무식한 여편네야. 안하무인이 따로 없어. 목소리라도 좋으면 몰라, 영 뚝배기 깨지는 소리더라."

선주 언니도 그 소리를 들었다. 당혹스러운 얼굴로 나를 쳐다봤지만, 다행히 그들과 입씨름은 하지 않았다. 그녀는 학교 선생님을 오래 한 것으로 알고 있다. 같이 그림 그리던 영자가 전화를 해서 선주 언니와 같이 앉았다고 했더니 영자가 내게 말했다.

"왜 하필 선주냐. 조심해."

"알았어."

선주 언니가 내가 전화하는데 묻는다.

"누구야?"

"영자. 언니는 영자보다 나이가 더 먹었잖아?"

"무슨? 영자는 나하고 동갑인데, 지가 나보다 더 먹었다고 우기더라."

"그럼 언니는 영자하고 동갑이야? 나하고 영자하고 동갑인데. 생일은?"

"9월. 너는?"

"나는 5월이야. 왜 그런데 나이를 속였어?"

"사람들이 나를 어린애 취급하더라. 그래서 속였어."

"기막혀서."

"뭘 기막혀. 내가 너보다 선배잖아. 그럴 수도 있지."

"소설 쓴다면서, 나는 소설 등단했잖아? 소설은 내가 선배네."

"너 참 못됐다. 그걸 가지고 따지니?"

지금까지 나보다 나이가 세 살 위라고 했는데, 오늘 알고 보니 나와 동갑이었다. 게다가 생일은 나보다 더 늦었다. 그런 선주를 알게 된 것이 후회스러웠다. 다시 만나고 싶지도 않았다. 선주 때문에 내가 오히려 창피스러워 고개를 푹 숙이고 자리에 앉았다. 차에 올라 처음에는 말을 하지 않더니 다시 조용하게 지껄이기 시작했다. 정말 귀찮았다. 나는 미수에게 미안하기만 했다. 미수는 나와 같이 먹으려고 먹을 것을 싸오느라 늦었지만, 옆에 사람들과 나눠 먹다보니 못 주었다고 했다. 게다가 옆에 있는 남자가 코를 골고 자면서 어깨에 기대어 힘들었다고 했다. 선주는 헤어지면서 나더러 자주 전화하라고 했다. 미쳤나? 내가 저런 여자에게 왜 전화를 하나. 또 다시 만나고 싶지도 않고 목소리도 듣고 싶지 않았다. 그 뒤로, 그녀도 나도 전화 하지 않았다. 몇 년이 흐른 뒤, 선주가 미술협회에서 무슨 큰상을 받는다는 소식을 들었는데, 내게는 연락하지 않았다. 선주가 큰상을 탄다는 것도 이해가 안 갔다. 선주는 그렇게 큰 상을 탈 정도의 실력이 아닌데 알 수 없었다. 미술반 친구들이 선주가 큰상을 탄다고 내게 말하면서 무슨 일이 있는 것만 같다고 했었다. 미술협회 사람들과 잘 알고 지내는 내게 알아보라고 했지만, 큰상을 받거나 말거나 나는 그 내력을 알아보고 싶은 마음이 없었다.

선주는 낯선 남자와 함께 있다. 분명 남편이 없다고 했는데 저 남자는 누굴까? 커튼도 치지 않고 벌이는 두 사람의 행태가 눈꼴이 시어 못 보겠다. 서로 껴안고 별 장난을 다 했다. 나이 먹은 환자가 병실에서 사람도 많은데, 뭐하는 짓인가 모르겠다. 선주는 전에 남편이 부모의 재산을 많이 받았는데, 남편이 죽어서 유산이 많다고 했다. 시어머니가 있었지만 남편과 살면서 한 번도 찾아가지 않았다고 했다. 시어머니가 유복자인 아들에게 재산을 모두 주어서 선주만 부자가 되고, 시어머니는 시골에서 아무것도 없이 고생하다가 죽었다는데 모른 척하고 살았다고 했다. 양심도 없이 그런 말을 내게 한 적이 있었다. 딸 하나 낳아 키웠는데 미국에 공부하러 가서 선주는 혼자 산다고 했다. 학교 선생님이었기에 연금만 타도 먹고 사는 것은 걱정이 없다고 했다. 재산은 남편의 유산이라 딸에게 줄 것이라고 했다.

저 남자는, 선주가 가진 돈을 보고 붙어 있는 사람인가? 유산이 많다고 자랑을 했나보다. 아직 젊어 보이는데, 병원에서 선주의 간병을 하고 있다. 일을 하지 않는 사람 같다. 제비처럼 머리도 젊은 사람같이 하고 옷도 보통 사람 같지 않다. 나 혼자 별별 쓸데없는 생각을 했다. 남이야 무슨 짓을 하든, 어떻게 살든 내게 들어올 재산도 아닌데, 내가 무슨 상관인가? 나만 괴롭히지 않고 남에게 피해를 주지 않고 잘살면 그만이다.

돈도 많은데, 1인실에 가지 않고 왜 5인실에 있나? 나는 돈이 없어 5인실에 할 수 없이 있는데, 돈 많은 사람이 왜 이런 곳에 있는지 모르겠다. 선주 성격을 알기에 궁금할 것도 없다. 선주는 전에 지독하게 돈을 아꼈다. 우리가 밥을 사면, 밥 한번 제대로 산 적 이 없었다. 그가 싸구려 커피를 한 번 사면 굉장히 큰 선심을 쓰는 척, 요공이 많았다. 문화원에서도 말썽이 많았다. 끄떡하면 사람들과 싸워서 시끄러웠다. 나는 젊어서 등단했던 소설이 쓰고 싶어, 소설창작반으로 자리를 옮겼다. 진작 소설을 썼으면 저런 여자와 부딪치지 않았을 것을 공연히 그림 그리고 싶은 욕심이 생겨서 미술교실에 간 것을 후회했다. 그렇게 자연스럽게 그와 다시 만나지 않게 되었다. 선주가 소설창작반에 올까봐 불안했다. 그 뒤로도 사람들과 잘 싸운다는 소문만 들었다. 공연히 미술교실에 가서 선주를 만난 것이 잘못된 것이다. 나는 선주와 헤어진 것이 참 다행이라고 생각했다.

　선주는 틈만 나면 편안하게 있고 싶은데, 내 옆에 와서 여기는 의사가 어떻고, 간호사가 어떻고, 음식이 어떻다고 말이 많다. 몸이 아파서 다 귀찮아 쳐다보지 않고 눈감고 있어도 계속 지껄였다. 잠을 자고 있는데도 내 손을 툭툭 치면서까지 말을 시켰다. 왜 저 여자가 같은 병실에 있게 되어 이 고생을 하게 되나, 끔찍스러웠다. 의사나 간호사가 오면 바쁜 사람들에게 나를 후배라고 했다. 나는 못 들은 체하고 있었지만, 속에서 부글부글 끓어올랐다. 병원까지 와서 재수 없이 저런 인간을 만나 없던 병도 생기겠다. 아무것도 생각하지 않으려고 해도 마음이 편안하지 못해서 이러다가 선주 때문에 내가 미치겠다. 선주가 아프면 말이 없고 간섭도 없다. 선주가 차라리 많이 아팠으면 좋겠다. 나는 수술한 곳의 상태를 보느라고 낮에 검사를 많이 해서 심신이 힘들었다. 선주 잔소리도 듣기 싫어 저녁 먹고 커튼으로 완전히 가리고 일찍 잠들었다. 그런데 선주가 내가 자는데, 커튼을 열어젖히더니 말을 시켰다.

"얘, 벌써 자니? 밥 먹고 금방 자면 소가 된단다. 일어나서 내 말 좀 들어봐. 우리 신랑 좀 봐라. 나더러 나처럼 예쁜 여자 처음 봤단다. 내가 그렇게 예쁘니? 정말 우리 신랑처럼 잘생기고 멋진 남자 못 봤다. 너는 어떻게 생각하니?"

"나, 지금 몸이 안 좋아, 말 시키지 마."

"내가 말하는 것이 기분 나쁘다는 거야, 질투가 난다는 거야? 아플 때 말을 하면 아픈 것도 잊어지더라."

짜증났다. 그때 선주 옆에 있는 4호 커튼 속 젊은 여자가 잔뜩 화난 얼굴로 커튼을 확 열어 젖혔다.

"아줌마, 잠 좀 잡시다. 신랑 자랑은 신랑 듣는데 하고! 어이구, 지겨워."

"뭐야? 남이야 자랑을 하건 말건, 너나 자빠져 자."

"아줌마가 잠을 자게 해야지요?"

4호 젊은 여자가 소리쳤다.

"어린 것이 어디다 이래라, 저래라 말이 많아. 너 날마다 지켜보니까. 아주 기분 나쁘더라. 환자들끼리 서로 돕고 화목하게 지내야지, 너 같은 것들 때문에 스트레스 쌓여서 사람들이 암에 걸리는 거야."

"뭐가 어째? 이 아줌마가 보자보자 하니 못 하는 말이 없네. 아줌마가 나 때문에 암에 걸렸어? 그리고 싸라기밥을 처먹었나, 아줌마가 뭔데 어디다 반말이야. 본데없이…."

"뭐야? 본데없다고? 야 ,이년아, 말 다했어?"

"이년이라니? 야, 이 미친년아. 다른 방에서 싸우고 쫓겨 왔으면 조용해야지. 이 쌍년이 왜 이 병실 저 병실 다니면서 아픈 사람들을 괴롭히고 다녀. 제발, 이 방에서 나가, 지옥에나 갈 인간이. 아이, 재수 없어. 퉤…"

"뭐? 쌍년. 어디 쌍년 맛 좀 볼래? 어디서 굴러먹던 어린년이 어미 같은 어른에게 욕이나 퍼붓고 지랄이야. 너 같은 년들 때문에 세상이 시끄러워."

"이 미친년이 병들었으면 조용히 있지. 버릇 고치지 못하고 병자들을 괴롭혀."

"말 다했어? 이년아."

선주는 욕을 퍼붓고, 소리를 지르더니 4호 커튼 앞으로 간다. 그런데 다른 보호자들이 선주 앞을 막았다. 나는 내게 불똥이 튈까봐 무서워서 벌벌 떨었다.

"막지 마. 저런 년을 가만 두면 안 되지."

기어이 1호와 5호 환자와 보호자들까지 합세했다.

"맞아, 당신 504호 병실에서 싸움판을 벌이고 이리 왔으면 조용해야지. 아줌마, 이 방에서 나가요. 우리도 아줌마 때문에 하루도 편안한 날이 없어요."

"깡패 같은 여자, 이 방에서 쫓아내야 해."

1호와 5호 환자와 보호자들은 이런 일이 있기 전에는 서로 도와주었다. 나를 도와주는 간병인이 바쁜 일이 있어 나갔었는데, 내가 환자복에 김치를 떨어뜨려서 옷을 바꿔 입으려고 하니 1호 보호자분이 내가 일어나지 못하게 하고 환자복을 갖다 주었다. 혼자 샤워를 하려고 하니 5호 보호자가 따라가서 씻겨 주었다.

"고맙습니다."

"뭘 그걸 가지고, 서로 돕고 살아야지요."

물도 떠다주고 아주 친절하고 고마운 분들이었는데, 화가 나니까 무섭게 나서서 선주에게 따졌다. 환자들까지 모두가 한 마디씩 하자 선주 얼굴이 벌게 가지고 나에게 말했다.

"얘, 너는 내가 이렇게 당하고 있는데 가만히 있니?"

"그러는 너는? 여기서 내가 무슨 말을 해줄까? 너 때문에 내가 곤경에 처한 게 한두 번이었니. 만나기만 하면 나를 얼마나 괴롭혔니. 너 필요할 때만 찾고 그렇지 않으면 내가 힘들 때, 네가 나를 거들떠나 봤어? 내가 뭐, 죽게 생겨서도 계속 등신인 줄 아냐? 너 나하고 동갑이잖아. 나이가 나보다 더 먹었다고 언니 행세 하면서 내게 얼마나 들볶았니? 게다가 너 생일이 나보다 나중이잖아? 왜 그렇게 까불어. 나는 너만 보면 징그러워서 쳐다보기도 싫어. 네 꼬락서니 보고 싶지 않아. 지금도 나 아파서 잠 좀 자려고 하는데 잠도 못 자게 했잖아?"

나는 다른 사람들이 모두 선주에게 뭐라고 하니 용기를 얻어 내가 하고 싶은 말을 마구 퍼부었다. 여느때는 무서워서 말도 못하다가 선주가 곤경에 빠졌는데, 편을 들어주기는커녕 비열하게 선주를 공격한 셈이었다. 마침내 연락받은 간호사들이 몰려왔다.

"김선주 씨, 왜 그래요? 이제 어느 병실로 갈 거예요? 다른 병실 갈 데도 없어요. 좀 조용히 하세요. 우리도 지겹습니다."

아까까지 있던 선주 남편은 어디로 갔는지 보이지 않았다. 선주는 그냥 털썩 주저앉아 엉엉 울었다.

"김선주 씨, 여기 병실이에요. 좀 조용히 하세요."

간호사들의 채근에 선주는 마지못해 울음을 그쳤다. 내게 찰싹 달라붙어 피를 빨아먹던 찰거머리가 죽어 떨어져 나가는 기분이었다. 인간이 불쌍했지만 한편으로는 속이 시원했다.

약혼

약혼

"민수야, 이리와 봐."

"어머, 예쁘다."

풀밭에서 선우와 나는 네잎클로버를 찾고 있는 중이었다. 선우가 내 손가락에 클로버 꽃반지를 끼워 주었다.

"우와, 예쁘다. 그럼 나는 어쩌지…. 잠깐만 기다려."

"어디 가는데?"

나는 옆 마늘밭으로 뛰어가서 마늘종 하나를 뽑아왔다. 그리고 가운데를 잘라서

선우 손가락에 끼워주고 묶어주었다. 예쁜 쌍가락지가 되었다.

"너는 남자니까 꽃반지보다 이게 더 어울릴 거야."

"멋지다. 반지도 끼었으니 우리 결혼할까?"
"그런 말하면, 우리 엄니한테 혼날 거야."
"그럼, 나중에 우리 어른 되면 결혼하자."
"그래, 좋아."
"딴 따다단……약속했다."
"알았어."
다섯 살 동갑인 선우는, 내 손가락에 꽃반지를 끼워주고, 나는 선우의 손가락에 마늘 종 쌍가락지를 끼워주고, 어른이 되면 결혼하기로 약속했다.

대학교 평생교육원 시창작반에서 나는 시 공부를 했다. 옆자리에 앉은 남자 수강생 우수 씨와 나는 1년 동안 나란히 앉게 되었다. 우수 씨가 처음에 비어 있는 내 옆자리에 앉으면서 계속 나란히 앉게 되었다. 교수님이 내가 쓴 시를 잘 쓴다고 칭찬했다.
"미나 씨는, 이 정도면 등단해도 되겠어요. 고칠 곳도 없고 아주 잘 씁니다. 몇 작품 골라 와 봐요."
"교수님, 감사합니다."
사람들이 부러운 눈으로 나를 쳐다봤다. 교수님이 칭찬해 주니까 나도 시인이 된 기분이 들었다.

"부럽습니다. 언제, 나도 미나 씨처럼 쓸 수 있을까요? 오늘 내가 밥 살게요."

"고맙습니다. 지금도 잘 쓰고 있잖아요."

"교수님이 나 보고는 잘 쓴다고 하지 않잖아요. 아직 쓰는 법을 몰라요."

우수 씨와 나는 수업이 있는 날은 같이 밥을 먹고, 시창작반에서 문학기행을 가면 같이 앉았다. 사람들은 나와 우수 씨를 보고 연애한다고 놀렸다. 그렇지만 우수 씨가 나보다 나이가 조금 더 많은 것 같다고 생각했을 뿐이지, 어디서 사는지 서로 아무것도 아는 것이 없었다. 한 책상에서 같이 공부하는 것 말고는 서로 다른 것은 묻지도 않았다. 고향이 같은지 말투가 비슷해서 같이 친근감이 있어 잘 지냈다. 만난 지 1년밖에 안 됐지만, 오래 알고 지내는 사람처럼 부담 없어 쉽게 친하게 되었다. 우수 씨가 내게 오래된 친구처럼 잘 해주었다. 남들이 연애한다고 하지만 나는 우수 씨와 1년 동안 옆자리에 같이 앉아 있어 친구처럼 편안한 느낌이 있었을 뿐이었다. 우수 씨도 나와 똑같은 생각을 하는 것 같았다. 남들이 놀리는 것이 조금 부담되기는 하지만, 그런 소리를 들으면 둘이서 그냥 웃기만 했다. 문학기행을 가는데 다른 사람이 앉으려다가 말했다.

"여기는, 우수 씨가 앉을 거지요?"

"약속하지 않았어요. 그냥 앉아요?"

"무슨 욕을 먹으려고."

"왜 욕을 먹어요?"

그렇게 사람들이 나와 우수 씨가 연애한다고 했다. 정작 우수 씨와 나는 그런 마음이 없고 연애한다고 놀리면 재미있다고 웃었다. 같이 앉아 지내다 보니 친하게 지냈다. 우리는 읽은 책 이야기와 글 쓰는 이야기 빼고는, 다른 말은 해 본 적이 없다. 책을 읽고, 그 내용에 대해서 밥을 먹으면서 이야기를 하고, 차를 마시면서도 주인공이 옳으니, 옳지 않으니 한참씩 말하고는 킬킬 거리며 웃었다. 어떤 책에 나오는 주인공이 못 되었다고 하고, 어떤 주인공은 너무 착해서 살아가는데 힘이 든다고, 그 작가의 속셈을 모르겠다고 말했다. 그러다가 나는 그 책 읽지 않았다고 하면, 우수 씨가 그 다음 만나는 날, 그 책을 사다 주었다. 며칠 전에도 박경리 작가 이야기를 하다가 내가 '김약국의 딸'을 읽지 않았다고 했더니 사다 주었다. 전에도 피천득의 '인연'과 법정 스님의 '무소유'와 '실크로트 문학기행'을 사다주어서 읽었다. 내가 시집 이야기를 했더니 우수 씨가 장석남의 시와 문효치 시를 좋아한다고 해서 그들의 시집을 사다 주었다. 한국인의 명시와 요즘 젊은 사람들이 쓰는 신춘문예에 나오는 시 모음도 사다 주었다. 서로 마음이 통해서 좋았다. 우수 씨는 내게 자상하게 대해주고 집안이 풍요로운지 편안한 느낌을 받았다. 얼굴은 남자답게 생긴 것 같은데, 항상 안경과 모자를 쓰고 다녔다. 처음에 내 옆자리에 앉았을 때는, 얼굴에 슬픈 느낌이 있었고 말이 없었지만, 요즘은 얼굴이 밝아졌다. 학교 선생님이었다는 말을 들은 것 같다. 그런 분들은 사람을 가르치려고 한다는 말을 들었는데, 전혀 그런 느낌을 받지 않았다. 그렇게 1년 동안 지내다 보니까 어쩌다 우수 씨가 결석하는 날은, 궁금하기도 하고 옆이 허전했다. 전화번호를 몰라서 답답했다. 그러나 남자에게 전화번호를 묻는 것은 부담스러워 묻지 않았다. 우수 씨도 내게 전화번호를 묻지 않았다. 묻지 않는데 내가 전화번호를 알려달라고 할 수는 없었다. 우수 씨가 결석하는 날은 다른 사람들이 왜 오지 않았느냐고 물었다.

"우수 씨 왜 안 왔어요?"

"글쎄요. 모르겠네요."

"말 안했어요? 그럼 전화 해봐요. 무슨 일 있나?"

"전화번호 모르는 데요."

"에이, 그럴 리가. 정말 핸드폰 번호 몰라요?"

"몰라요."

"별일이네……."

정말 사람들은 우리가 연애하는 줄 알았는지 이상하게 생각했다. 아니라고 대답했지만, 사람들은 내가 내숭 떨며 거짓말을 한다고 생각하는 것 같았다. 애써서 아니라고 변명해봤자 믿지도 않아 말없이 그렇게 살았다. 우수 씨 부인이 들으면 기분 나쁠 것인데, 내가 왜 나로 인하여 남의 여자를 괴롭게 하나. 내가 전화하면, 우수 씨 부인이 의심하고 싸울지도 모르는데 그런 짓을 나는 절대로 하지 않는다. 내가 모르고 잘못을 저지르는 일은 어쩔 수 없지만 알면서 남을 괴롭히는 짓을 해서는 안 된다고 생각하는 사람이다. 나는 종교를 믿고 있지 않지만, 남을 괴롭히면서 인생을 살고 싶지 않다. 사람들은 종교를 왜 믿는지, 나쁜 짓을 하고는 열심히 믿는다고 했다. 나는 그런 사람들을 믿을 수가 없다. 착하게 사는 사람을 비방하고 힘들게 하고는, 천당에 간다느니, 극락에 간다느니 하고, 안 믿는 사람은 지옥에 간다고 말했다.

  딸이 남자 친구를 데리고 왔다. 착해 보이면서도, 남자답게 생겼고, 예의가 바르고 마음에 들었다. 그보다도 처음 본 사람이 오래도록 봤던 사람처럼 친근감이 있었다. 사위 감이 찾아오고, 딸이 시집이 될 집에도 찾아갔다. 딸이 연애를 하면서 자주 사위 감도 찾아오고 하니까 아들같이 편해졌다. 사위 감도 내게 엄마같이 살갑게 굴어서 어느새 가족 같은 느낌이 들었다. 사위 감이 엄마가 없고, 아버지만 있다면서 내게 엄마 같다고 했다. 내가 해주는 반찬도 맛있다고 잘 먹고, 내가 힘들어 하는 것을 보면 거들어 주었다. 남자가 없는 집에 사위 감이 드나드니 마음속이 든든해졌다.

드디어 상견례 날짜가 되었다. 사돈될 사람을 만나는 자리라 미장원에 가서 화장과 머리도 예쁘게 하고, 백화점 가서 멋진 옷을 사서 잘 차려 입고, 딸과 같이 상견례 자리에 갔다. 나는 남편이 없는데, 남자 사돈을 만나는 것이 부담이 되고 마음이 떨렸다. 이럴 때는 남편 없는 것이 슬펐고, 남편이 그리워졌다. 남편이 딸이 시집가는 것을 본다면 얼마나 좋아했을까? 아기가 나오지도 않아서 보고 싶다고, 날짜를 세어보고 기다렸는데, 백일을 남겨놓고 아기를 구경도 못하고 못 올 길을 갔다. 남편이 보고 싶어 눈물이 나왔다. 좋은 날에 방정맞게 왜 눈물이 나오는 것인가? 잘 자라준 딸이 고맙기만 했다. 사위 감이 자기 아버지라고 인사를 시켰다. 그런데 이게 웬 일인가? 시창작반에서 일주일마다 만나는 우수 씨가 아닌가? 너무 놀라서 속은 것 같기도 하고 기분이 묘했다. 우수 씨도, 나를 보더니 놀란 얼굴로 쳐다봤다.

"어머, 우수 씨?"

"미나 씨!"

"아는 사이세요?"

딸이 놀라서 나를 쳐다봤다. 사위 감도 눈을 동그랗게 뜨고 쳐다봤다.

"미나 씨와 나는, 시창작반에서 같이 앉아 공부하는 사이다."

"어머나, 그런 일이……."

하여튼 잘 알고 지내는 사이라 부담이 없는 편안한 만남이었다. 그 뒤로도 평상시와 같이 시창작반에서 같이 앉아 공부했다. 그제서 우리는 휴대폰 번호를 서로 교환했다. 얼마 있지 않아 우수 씨 아들과 우리 딸은 결혼하기로 하고, 청첩장을 찍었다. 청첩장에는 필명이 아닌, 본명인 오민수라고 썼다. 며칠 있다 딸이 청첩장을 찾아왔는데, 신랑 아버지 이름이 '김선우'라고 씌어있었다.

"김선우?"

믿을 수가 없다. 설마, 그렇지는 않겠지, 동명이인이겠지, 그러고 보니 사위가 어려서의 김선우와 닮은 데가 있는 것 같다. 그럴 리 없다 생각하다가 궁금해서 도저히 참을 수 없다. 우수 씨에게 전화했다.

"사돈어른, 안녕하세요?"

"아, 예. 사부인."

"청첩장 보셨어요?"

"예, 봤습니다."

"사돈어른 성함이 김선우 씨가 맞나요?"

"예, 제 이름이 김선우 맞습니다."

"고향은요?"

"은성인데요. 왜요?"

"기가 막혀! 그럼. 너, 나를 알고 있었다는 거야?"

"무슨 말씀이세요, 사부인?"

"김선우, 내가 민수라는 것을 알면서 모른 척했다는 거지?"

"뭐라구? 미나가 아니고 민수라고? 어, 정말 그러네, 이게 무슨 조화야."

"뭐야? 그럼 몰랐다는 말이잖아. 뭐가 어떻게 된 건지 모르겠네."

"이런 일도 있나……?"

선우와 나는 같이 결혼하자고 했던 소꿉친구였지만, 초등학교 졸업하고 내가 그 동네를 떠나면서 다시 만나지 못하고, 셀 수 없이 많은 날짜가 지나갔다. 그 동네를 떠나기 전 길에서 선우를 만났다.

"이사 간다면서. 너 나랑 약혼했다."

"그랬나?"

선우와 나는 초등학교도 같이 다니고 친하게 지냈지만, 이사하고 그 동네 소식은 깜깜 무소식이었다. 오랜 세월이 흘러가고 나니, 강산만 변한 것이 아니라 사람도 많이 변해서 양쪽 다 알아보지 못하고, 조금의 눈치도 못 챘다. 나는 없던 쌍꺼풀까지 만들었고, 선우는 살이 쪄서 배가 나오고 모자 밑으로 하얗게 센 머리가 보였다. 선우는 안경을 쓰고 항상 머리에 모자를 쓰고 다니니 서로 너무 많이 변해서 생각조차 못했다. 게다가 이름까지 바뀌지 않았는가. 어린 아기들의 약속이지만, 하여튼 우리가 맺지 못한 인연을 자식들이 맺어서 다시 만날 수 있는 사이가 되었다.

"다섯 살 때의 약속 생각납니까?"

"저도 어떻게 그게 생각나는지 알 수가 없습니다."

"아무튼, 이것은 하늘이 맺어준 인연입니다. 너무 반갑고 고마운 일입니다. 사부인 감사합니다."

"네. 저도 감사합니다. 이것은 보통 인연이 아니네요. 사돈어른, 고맙습니다."

내가 임신했다고 하니 남편은 너무 좋아서 언제 아기가 나오느냐고 했다. 뱃속에서 아기가 태동한다고 하면, 내 배에 귀를 대고 들으려고 했다.

"아가야, 나와서 아빠 손잡고 운동하자. 내가 무등도 태워주고 네가 좋아하는 것은 뭐든 다 해주고 싶다."

남편은 아기가 나올 날짜를 날마다 세어보고, 이제 백일만 있으면 아기 아빠가 된다고 싱글벙글했다. 내가 여자상업학교를 나와서 은행에 취직했다. 대학은 갈 수 없어 상업학교에 들어가 좋은 성적으로 졸업했기에 금방 취직이 되었다. 은행에 취직하고 같은 은행에 다니는 선배를 마음속으로 좋아했는데, 다행히 선배도 나를 좋아해서 우리는 날마다 만났다. 양쪽 부모님도 좋아해서 우리는 아무 거리낌 없이 편하게 연애했다. 나는 선배가 나를 좋아해서 정말 고마웠다. 선배를 만나고는 산다는 것이 즐겁기만 했다. 얼마나 좋으면 길가에 지나치는 나무들도 황홀하게만 보이고 나를 축하해 주는 것으로 보였다. 길가에 돌덩이도 예쁘게만 보였다. 우리는 열심히 돈을 모아서 부모의 도움을 받지 않고 둘이서 모은 돈으로 조그만 집을 사고 결혼했다. 대신 패물은 한 돈짜리 금반지만 교환했다. 서로 의논해서 한 것이라 불만이 없고, 금반지 한 돈이 다이아몬드 1캐럿보다 더 소중했다. 살림살이도 꼭 필요한 것만 사고, 욕심 부리지 않고 살았다. 남편은 나보다도 더 알뜰하지만, 내가 하려고 하는 것을 하지 말라고 한 적은 없었다. 우리는 직장일이 힘들어도 정말 행복했다. 결혼하면서 금방 임신이 되었다. 연애를 오래 했다고 아기가 쉽게 생긴 모양이라고 남편이 말했다. 아기가 생기니 남편은 더 이상 바랄 것이 없다고 하면서 나보다 더 좋아했다. 그런데 우리가 행복해 하는 모습을 신이 질투를 한 것인가? 아기를 낳기도 전에 건강해서 걱정도 하지 않던 남편이, 어느 날 토하면서 가슴이 터지는 것 같다고 해서 병원에 갔는데 이미 죽었다고 했다. 급성심근경색이라고 했다. 남편이 참을성이 많아서 조금 기다린 것이 잘못된 것 같았다. 갑작스럽게 당한 일이라 서로 할 말도 못하고 헤어지고 말았다. 병원이라도 한 번 다녔던 사람이면 놀라지 않았을 텐데, 아프다고 하는 소리도 듣지 못했다. 내가 남편에게 너무 무심했는지 남들은 남편에게 보약을 해준다고 하지만 나는 그런 것 한 번 해준 적이 없었다. 남편에게 보약 해 먹으면 어떠냐고 물었더니, 건강한 사람이 왜 그런 것을 먹느냐고 해서 남편의 건강을 믿고 살았다. 나는 혼이 나간 상태에서 어떻게 장례를 치렀는지도 몰랐다. 연애는 오래 했지만 결혼하고 정말 꿈같이 살았다. 남편은 버릴 것 하나 없이 건실하고 아주 착한 사람이었다.

슬픈 중에 친정 식구들과 친구들이 아기를 버리라고 했다. 나는 나와 남편의 소중한 아기를 버릴 수 없었다. 아버지도 없이 살아온 나는 남편을 만나고 큰 언덕에 편안하게 기대고 살려고 했는데, 언덕이 무너졌으니 살 길이 막막해서 겁이 났다. 아무도 없는 산속에 패대기쳐진 느낌이었다. 일어날 힘도 없었다. 게다가 뱃속에는 아기도 있는데, 혼자 기르면서 산다는 것이 두렵기만 했다. 아버지 없는 자식을 낳아 기를 일이 겁도 났고, 아기의 인생을 생각해 봐도 걱정이 되었지만, 아기는 버릴 수 없었다. 남편은 아기 나올 날짜를 날마다 세어보고 있었는데, 아기를 버린다는 것은 남편에게도 못할 짓이었다. 처음에는 어떻게 이럴 수가 있느냐고 날마다 울기만 했다. 슬퍼서 울다가 아기가 괴로우면 안 된다고 생각해서 아기를 위해서 남편과 좋았던 생각만 하기로 했다. 다니던 은행에 열심히 다니고, 아기는 다행히 친정어머니가 길러 주었다. 은행에서도 눈치가 보였지만, 지점장이 배려해 주어서 다닐 수 있었다. 배가 불러서 은행에 다니는 사람은 없었다. 그래도 직장이 있었기에 먹고 사는 것은 해결이 되어서 꾹 참고 다녔다. 외롭고 슬플 때도 많았지만 딸만 생각하고 살았다. 딸은 자라면서 아버지를 닮았는지 똑똑하고 착실하게 아주 잘 자라 주었다. 아들이 아니고, 딸이지만 볼 때마다 제 아버지를 닮은 것이 신기했다. 은행에 참고 다닌 보람으로 딸을 대학까지 가르칠 수 있었다. 정년까지 다니고 퇴직해서는 할 일이 없었다.

심심해서 문화원에 가서 노래도 배워 보고, 서예도 배워 봤다. 털실 집에 가서 뜨개질도 했다. 그러다가 배우다 만 공부가 하고 싶어, 방송통신대학 국문과에 들어가 공부했다. 대학을 졸업하고 나니 시를 쓰고 싶었다. 여기저기 알아보니 대학 교수님이 대학교 평생교육원에서 시를 가르치는 곳이 있다고 해서 찾아가 봤다. 2년을 공부했지만 시가 그렇게 쉬운 것은 아니었다. 시를 쓰면서 나이가 비슷한 여자 수강생인 짝이 생기고, 서로 물어보면서 친하게 공부했는데, 내 짝이 손주 봐준다고 나오지 못하게 되었다. 옆에 친구가 없어 허전하다 했는데, 새로 남자 수강생이 들어왔다.

"여기 앉아도 되나요?"

"네, 앉으세요."

나는 이왕이면 여자 수강생이 앉기를 바랐지만 자리가 없는데 안 된다고 할 수가 없었다. 남자는 부담스러워서 같이 앉는 것이 싫었다. 며칠만 같이 앉고 자리가 생기면 다른 자리로 옮겨 가겠지 했는데 1년씩이나 같이 앉게 되었다. 그 사람이 우수 씨였다. 우수 씨는 더운 여름에도 모자를 꼭 쓰고 다녔다. 처음에는 아무것도 몰랐는데, 딸이 우수 씨 아들과 결혼하게 되면서, 우수 씨도 부인이 없다는 사실을 알았다. 우수 씨도 오랫동안 병석에 있던 아내가 2년 전에 죽어서 아들과 둘이 산다고 했다. 별스런 인연도 있다. 별난 만남도 있다.

다행히 선우와 나는 아들과 딸의 결혼으로 옛날이야기 하면서 만나게 되었다.

한 교실에서 우리가 연애한다고 소문이 나니까 한 여자가 무척 질투했다. 우수 씨에게 팔을 잡았다.

"우수 씨, 우리 밥 한번 먹읍시다."

"네, 그래요. 미나 씨도 같이 갑시다."

"아니 우리 둘이 가요."

"……."

"우리 아바타 보러 가실래요."

"나는 영화를 좋아하지 않아서 죄송합니다."

"왜요, 미나 씨 때문인가요? 나하고도 같이 다녀 봐요."

"무슨 말이에요? 미나 씨와 영화 구경 간 적 없어요."

"그러니까 나하고 한 번 구경 가 봐요."

그 여자가 우수 씨에게 자주 치근덕거렸다. 그러나 우수 씨는 여자와 단둘이 영화구경 가는 것을 좋아하지 않는다고 했다. 나는 그러거나 말거나 했지만, 그래도 어쩐지 그 여자에게 빼앗기는 기분도 들었다. 저러다가 우수 씨 부인이 알게 되면 어쩌지, 하고 쓸데없는 걱정도 했다. 그 여자는 나와 우수 씨를 떼어놓으려고, 무진 애를 쓰는 것 같았다. 그 여자가 그럴수록 나는 우수 씨와 헤어지는 것이 싫었다. 그런 감정이 없었는데,

약혼 259

그 여자가 우수 씨에게 꼬리를 치니까, 이상한 마음이 생겼다. 우수 씨는 그 여자가 너무 바짝 다가오니 싫어하는 것 같았다. 그럴수록 그 여자는 우수 씨에게 더 가까이 하려고 했다.

"예쁘지도 않은 것이 남자에게 여우 짓을 하고 교실을 문란 스럽게 하고 있어."

"예쁘기는 하지. 그런데 여우 짓 하는 것 같지는 않던데. 서로 친하기는 하지만."

"호박씨 까는 거지. 안 그런 척 하면서, 그렇게 내숭을 떨고."

그 여자는 내게 이상한 말을 퍼뜨렸다. 사람들이 나를 이상한 사람으로 보는 것 같았다. 우수 씨가 밥 먹으러 가자고 하면, 사람들 눈치가 보여서 망설여져서 안 간다고 하기도 했다. 그러니까 우수 씨도 조금씩 조심하고, 그 여자와 같이 밥 먹으러 가기도 했다. 그렇게 조금씩 멀어지고 있었다. 하루는 우수 씨가 밥 먹으러 가자고 해서 부담스럽다고 했다.

"무슨 상관이에요. 그 사람들에게 죄짓는 것 아닌데, 어때요?"

"저는 남에게 욕먹는 것이 무서워요."

"구더기 무서워서 장 못 담가요?"

나는 남에게 안 좋은 말을 듣는 것이 싫어서, 내가 조금씩 멀리 하려고 하니 우수 씨는 그 여자와 자주 같이 다니는 것 같았다. 그 여자는 우수 씨와 어울리면서도 심술을 부리고 귀찮게 했다. 그러다가 우리가 사돈이라는 말을 들은 뒤로는 이 여자가 내게 전에 없이 변덕을 떨고 살갑게 했다. 나더러 못된 여자라고 하더니 내가 좋은 여자로 변했다. 그렇지만 우수 씨는 그 여자를 경계했다.

결혼식장에서 고향 사람들이 알아보고, 이런 일도 있다고 반갑다고 떠들썩했다. 딸이 결혼하고, 우리는 평상시와 다름없이 평생교육원의 시창작반에 한 주마다 만나서 부부처럼 같이 앉아 아들 딸 이야기를 하면서 살고 있다. 시창작반에서 사돈인 줄 알게 되면서 사돈끼리 다정하다고 했다. 우리의 과거를 모르는 그들에게 구태여 다 까발리고 싶지 않았다. 지난날을 말하면서 우리는 킬킬거리면서 웃었다.

"사돈어른, 글쎄 우리 사위가 승진을 했다네요. 누구 아들인지 참 성실하고 괜찮은 사람이네요. 질투 나겠지만 축하해주세요."

"그래요. 정말 사위 없는 저는 질투가 나지만 축하합니다. 그런데 사부인, 우리 며느리도 이번에 은행에서 대리로 승진했다고 합니다. 게다가 얼마나 싹싹한지 남들이 부러워합니다. 어떻게 그런 며느리가 들어왔느냐고 질투합니다. 누구 딸이기에 그렇게 교육을 잘 시켰는지, 질투 나겠지만 축하해 주십시오."

"며느리 없는 저도 질투가 나지만 축하합니다."

"하하하……."

"호호호……."

그렇게 만나기만 하면 서로 자랑을 했다. 선우인 그는 며느리 자랑을 하고, 나 민수는 사위 자랑을 했다. 그리고 한바탕 웃어제꼈다.

딸이 내게 전화가 왔다.

"엄마,"

"어, 왜?"

"있잖아. 임신인 것 같아."

"정말? 병원에 가 봤어?"

"아니. 생리도 없고 반찬이 냄새가 나는 것 같아."

"그럼 빨리 병원에 가 봐야지."

"나 혼자 검사했는데, 임신으로 나와. 엄마, 나 무서워. 어떡하지?"

"무섭기는… 우리 딸 축하한다. 엄마는 너무 좋다. 빨리 병원에 가 보자."

나는 딸과 산부인과에 갔다. 임신 6주라고 했다. 딸이 임신이라고 하니 내가 임신했을 때보다도 더 좋았다. 할머니가 된다는 것이 그렇게 기쁠 수가 없었다.

"지금부터 너는 혼자 몸이 아니니 잘 먹고 몸조심해야 한다."

당장 사위에게 전화를 걸었다.

"예, 장모님."

"김서방 축하하네. 자네 아빠가 된다네."

"예? 정말요. 장모님."

"맛있는 것 많이 사주게. 부탁하네."

"그럼요. 고맙습니다. 바꿔주세요."

"네 신랑이다."

딸에게 전화를 바꿔 주었다.

"정말이야? 고마워. 우리 어디서 만날까. 빨리 이곳으로 와. 아니, 내가 갈게."

나는 다시 선우 씨에게 전화했다.

"예. 사부인."

"축하합니다, 사돈어른. 할아버지가 된답니다. 댁의 며느리가 임신을 했답니다."

"사부인, 지금 뭐라고 했습니까? 다시 말씀 해보십시오."

"축하합니다, 사돈어른이 할아버지가 된다고 합니다."

"저 저 정말이죠? 감사합니다. 사부인, 우리 지금 만나요. 우

약혼 263

리 예쁜 며느리가 나를 기쁘게 하네요. 이 기쁨을 그냥 있을 수 없지요. 어디서 만날까요? 저번에 만났던 거기서 만날까요.? 고맙습니다."

속 썩이지 않고 딸이 임신했다. 나는 기쁨에 눈물이 나왔다. 신에게 감사했다. 임신하면서, 딸과 사위가 이사 왔다. 나는 힘들기는 했지만, 딸이 아기를 낳고, 내가 손주 기르는 것이 재미있었다. 딸은 두 살 터울로 아기를 낳아서 아들 딸 남매를 낳았다. 아기들을 키우면서도 일주일에 한 번씩은 평생교육원에 갔다. 시집을 두 권 냈다. 선우 씨도 시집을 한 권 냈다. 나는 시집에, 우리 손주들 자라는 이야기를 시로 많이 썼다. 선우 씨도 손주 이야기가 시로 많이 나왔다. 서로 같은 아이들을 가지고 시가 되어 나왔다. 시를 읽으면서 서로 웃었다. 우리를 아는 남들도 시를 읽고 같은 아이를 자랑한다고 말했다. 아기는 일하는 도우미 아줌마에게 맡기고 나갔다. 갈 때마다 아기 이야기만 했다. 선우 씨는 아기 키우는 것을 부러워했다. 손자는 할아버지를 닮았고, 손녀는 나를 닮았다. 주말마다 사위와 딸은 아이들을 데리고 할아버지를 만나러 갔다. 아이들이 자라면서, 사위와 딸은 선우 씨 집으로 이사 갔다. 내가 사위와 딸에게 그렇게 하라고 했다. 선우 씨는 너무 좋아 입이 함박만 해서 내게 고맙다고 했다. 아이들이 할아버지 집으로 이사 가고 나서 선우 씨는 손자 손녀 자랑에 입을 다물지 못했다.

"사부인, 우리 손자와 손녀는 누구를 닮았는지 어쩜 그렇게 예쁜지. 그렇게 예쁜 아이들은 처음 봤습니다. 공부 잘하고 착하고, 손녀가 웃는 모습을 보면, 어려서 누구와 어떻게 그렇게 똑같은지 옛날 생각이 납니다. 사부인, 제가 부럽지요?"

"사돈어른. 우리 손자는 누구를 닮아서 그렇게 똑똑한지 세상에 그런 남자아이는 처음 봤습니다. 손녀 역시 정말 예쁩니다. 부럽지요?"

"하하하."

"호호호."

마늘밭을 바라보면서 선우가 말했다.

"사부인, 쌍가락지 안 해주시나요?"

"예, 사돈어른. 꽃반지 해주시면 해드릴게요."

"하하하……"

"호호호……"

둥근 해가 나란히 걸어가는 두 사돈을 환하게 비추고 있다.

약혼 265

계간문예작가선 **109**
껍데기

초판 인쇄 | 2023년 6월 26일
초판 발행 | 2023년 6월 30일

지 은 이 | 최정순
회　　장 | 서정환
발 행 인 | 정종명
편집주간 | 차윤옥

펴낸곳 | **도서출판 계간문예**

편집부 | 03132 서울 종로구 삼일대로 30길 21 종로오피스텔 1209호
주소 | 03132 서울 종로구 삼일대로 32길 36 운현신화타워 305호
전화 | 02-3675-5633, 070-8806-4052
팩스 | 02-766-4052
이메일 | munin5633@naver.com
등록 | 2005년 3월 9일 제300-2005-34호
ISBN 978-89-6554-272-8 04810
ISBN 978-89-6554-121-9 (세트)

값 15,000원

* 이 소설은 한국예술인복지재단 2022 하반기 창작활동 지원금을 받아
　발간했습니다.